「フランケンシュタイン」は、
人工的に「新しい生命を創り出す」という、
神をも恐れぬ行いをした、
科学者の名前である。
フランケンシュタインは、
彼が創り出した「モンスター」に、
名前を与えることもなかった——。

ガラララ…
――どうして
こんなことに…
ゴシャアア…

醜《みにく》い怪物《かいぶつ》め！お前のような化け物は
存在してはいけなかったんだ！
誰が作ってくれと頼《たの》んだ？
すべては……
貴様《きさま》のせいだ！
ガッ
ドンッ

ヴ
これで
終わりにしよう
グググ

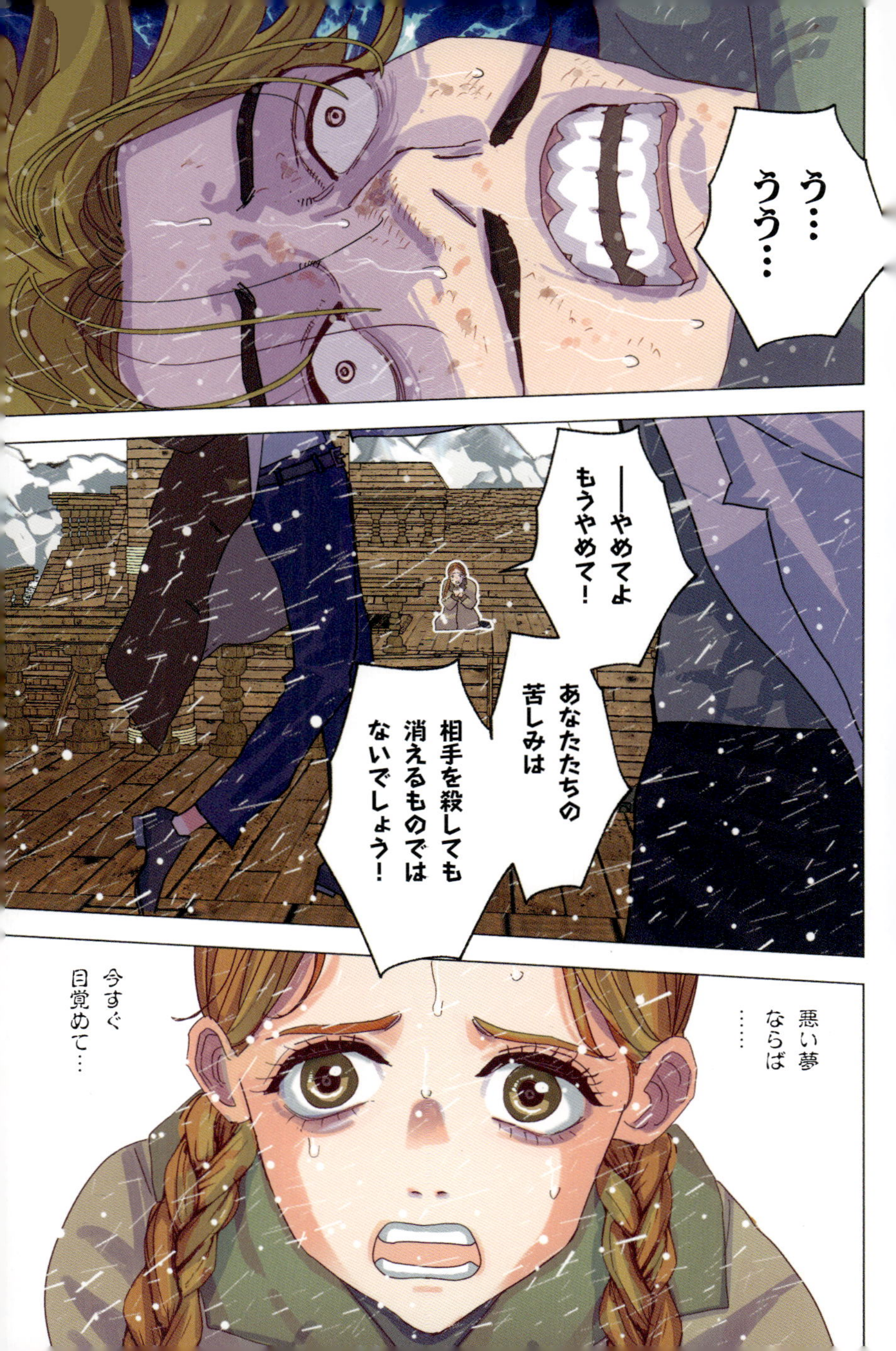

う…うう…
——やめてよもうやめて！
あなたたちの苦しみは
相手を殺しても消えるものではないでしょう！
悪い夢ならば……
今すぐ目覚めて…

ブックデザイン／大野虹太郎（ragtime）
編集／原郷真里子
編集協力／相原彩乃、北村有紀、黒澤鮎見、舘野千加子、藤巻志帆佳、関谷由香理
DTP／四国写研

原作／メアリー・シェリー
小説／越智屋ノマ
イラスト／岡本圭一郎

フランケンシュタイン

Frankenstein

Gakken

天国のおじいさまへ

17××年　4月2日
ノルウェー北部の港町、トロムソにて

おじいさま、今日はうれしい報告をします！　わたしは昨日、ノルウェーの北部にある、「トロムソ」という港町に到着しました。トロムソの港は、外国から来た船がたくさん行き交っていて、とてもにぎやかです。

この町は北極圏《ほっきょくけん》にあるので、夜にはオーロラが見えます。わたしとおじいさまが暮らしていたロンドンとは、比べものにならないくらい寒いです。4月だというのに雪が降っているし、いつも、北風がびゅうびゅう吹いています。コートを着ないで外に立っていたら、あっという間に、体じゅうが凍《こお》ってしまうでしょう……！

とても厳しい寒さですが、わたしは、この寒さを自分の肌《はだ》で感じられることが、とてもしあわせです。だって、こんなに寒いのは、この場所が北極の近くだという証拠《しょうこ》なんだもの！「北極探検」に行きたいという子どものころからの夢が、もうすぐ叶《かな》おうとしているのです。だから、この北風はわたしに、興奮《こうふん》と感動をもたらしてくれる風なのです。

北極で生まれたこの北風は、わたしが見たことのない北極の景色を知っているんだわ――そう思うだけで、胸のドキドキが止まらなくなって、今すぐ北極探検に出発したくなってしまいます。

……でも、心配しないでね、おじいさま。

たとえ「今すぐ行きたい」と思っていても、準備が整わないうちに、探検に出かけたりはしないわ。そんな無謀《むぼう》なことをしたら、ちっぽけな人間なんて、あっという間に凍《こご》え死《し》んでしまうでしょう。

だからわたしは、子どものころから今日までずっと、北極探検のための準備を進めてきました。せっかくだから今日は、わたしがこれまで生きてきた25年の日々と、北極探検への情熱についても書いておきたいと思います。だって、自分の価値観や信念をふり返るのは、とても大切なことだもの。

幼いころのわたしは、お母さまを亡《な》くして一人ぼっちでした。あのころはとてもさみしくて、毎日泣いていたわ……。でも、おじいさまのお屋敷《やしき》に引きとられてから、わたしの人生はしあわせなものになりました。すぐれた海洋学者だったおじいさまは、よくわたしに、世界中の海のお話を聞かせてくれましたね。わたしがとくに好きだったのは、北極とその周辺の海のお話。おじいさまは「北極に行ってみたい」と、口ぐせのように言っていましたね。

「メアリ。北極は、まだ人類がたどりついていない、未開の地なんだよ。地球の北の果てにあって、氷に閉ざされた、謎《なぞ》と神秘《しんぴ》に満ちた世界だ。北極とそれ以外の場所とは、気候や生態系がまったく違うらしい。これまで多くの探検家がその謎に挑《いど》んだが、氷河に阻《はば》まれたり、極寒の環境に耐《た》えきれなくなったりして、誰も成功していないんだ。……だが、私はいつか、北極の神秘をこの手で解き明かしたいと思っている」

おじいさまがそう話すのを聞いて、わたしも北極に行きたいと思うようになりました。だから、わたしも海洋学者になることにしたの。だって、おじいさまが北極探検をするときに、頼もしい助手がいたほうが安心でしょ？

おじいさま。わたしが「海洋学者になりたい」と言ったとき、真剣に聞いてくれてありがとう。

「海洋学者になるのなら、きちんとした勉強が必要だよ」と言って、おじいさまはわたしに最高の教育を与《あた》えてくれました。大学への入学をこころよく許《ゆる》してくれたことも、感謝しています。……世間の人々はよく、「女性には大学の勉強なんて必要ない。年ごろになったら、結婚して家を支えるのが女性の仕事だ」と言うけれど、おじいさまはそんな先入観を持たずに、わたしの夢を応援《おうえん》してくれましたね。

「夢を叶《かな》えたり、教育を受けたりするのに、性別なんて関係ないんだよ。メアリ」という、おじいさまの言葉が、わたしをいつも支えてくれました。

大学では海洋学だけでなく、航海術《こうかいじゅつ》や医学、自然科学全般について学びました。それらの知識が、北極探検で役に立つと思ったからです。そして、大学を卒業してからは、航海に慣れるために、捕鯨船《ほげいせん》の乗組員として働いたこともありました。北極海付近の海で、寒さやひもじさに耐《た》えながら過酷《かこく》な仕事にはげんでいたのは、北極の環境に慣れるための訓練《くんれん》だったのです。

捕鯨船を降りてからは、海洋学者の仕事をしながら、北極探検のチャンスに備えていました。おじいさまが病気で亡くなったのは、この時期でした。二重の意味で悲しかった。おじいさまがいなくなったこと、そして、わたしがもう少し早く準備を進められていたら、おじいさまと一緒に、探検に行けたかもしれなかったこと。間に合わなくて、ごめんなさい。

……いけない。湿っぽくなっちゃった！

おじいさまは亡くなる前に、「うつむかずに、前を向きなさい」と言ってくれました。夢を叶《かな》える秘訣《ひけつ》は、前を向くことだと。だから、わたしはもう泣きません。

ともかく、捕鯨船《ほげいせん》を降りた後のわたしは、おじいさまの研究を引《ひ》き継《つ》いで、北極周辺の海流の調査をしていました。その結果、「北極海を横断してシベリアからグリーンランドへと向かう海流」を見つけたのです。この海流に乗って航海《こうかい》すれば、比較的《ひかくてき》安全に北極を探検できると思います。現在は、北極の分厚《ぶあつ》い流氷にぶつかっても壊《こわ》れないような、丈夫《じょうぶ》な探査船を建造中です。船の設計には、おじいさまの生前の研究を活用させてもらいました。

探査船の乗組員も、これからどんどん探すつもりです！　数年がかりの探検になるから、乗組員には体力だけではなくて、困難《こんなん》に立ち向かう精神力や判断力、そしてマナーのよさを持ち合わせた人を選びたいと思っています。……まぁ、そんな人、なかなか見つからないかもしれないけれど。あせらず、じっくり探してみます。

今日はこれから、トロムソの町を発《た》って、ヴァードーの町へと向かいます。ヴァードーは、トロムソよりもさらに北極に近い町で、探査船が完成したら、そこから出航させようと思っています。ヴァードーの町に着いたら、港を下見したり、乗組員になってくれそうな人をさがす予定です。

……わたしは、おじいさまを北極へ連れて行ってあげることができませんでした。でも、おじいさまの夢は、わたしがしっかり受《う》け継《つ》いでいます。北極探検は、必ず成功させてみせるから。天国から、楽しみに見守っていてね！

あなたを敬愛《けいあい》する孫　メアリ・シェリーより

＝　＝　＝

そこまで書き終えたメアリは、優しい笑みを浮《う》かべて日記帳を閉じた。

日記を「天国の祖父《そふ》に宛《あ》てた手紙」としてつづるのが、メアリの習慣だ。大好きな祖父に話しかけるようにして、日々のできごとを書きつらねていくと、しあわせな気分になってくる。天国の祖父が自分のことを見守って、応援《おうえん》してくれているような気がするからだ。

メアリの祖父は、有名な海洋学者だった。

イギリスのロンドンに生まれたメアリは、6歳のときからずっと、祖父のもとで暮らしてきた。今のメアリが、海洋学者をしているのも、北極探検を目指しているのも、祖父へのあこがれがきっかけだ。25歳になった今も、祖父への尊敬《そんけい》の気持ちは色あせることなく、むしろどんどん強くなっている。

北極探検の準備は順調である。優秀な海洋学者になったメアリは、これまでいくつもの学会で、北極圏《ほっきょくけん》の海流や気象などの報告を行ってきた。そして、投資家や学術機関の協力を集め、北極探検の準備を推し進《お すす》めていった。メアリが設計した最新鋭《さいしんえい》の探査船も、あと1年ほどで完成する予定である。

「……さて。それじゃあ、ヴァードーの町に向かおうかしら」

メアリは、旅支度《たびじたく》を整えて馬に乗り、北東の方角へと出発した。トロムソからヴァードーまでは、馬で2週間くらいの長旅となる。途中で立ち寄《た よ》る村や町で宿をとりながら、目的地へ向かう予定だ。4月とはいえ、ノルウェー北部はまだまだ雪と氷に覆《おお》われている。旅慣れたメアリでなければ、一人旅など、とうていできないだろう。

雪をかぶった雄大《ゆうだい》な山々を眺《なが》めながら、メアリは旅を続けた。森を抜け、足場の悪い山道を越《こ》え、それからフィヨルド（氷河の侵食《しんしょく》によってできた湾《わん》）を見下ろすようにして、崖沿《がけぞ》いの道を慎重《しんちょう》に進んでゆく。北に向かうにつれて、雪深い場所が増えてきた。

「途中に立ち寄る町や村でも、乗組員になってくれそうな人を見つけられたらいいんだけれど……」

乗組員のスカウトは、今回の旅の主な目的のひとつだ。優秀な人を雇《やと》うために、あちこち探しているけれど、条件に合う人材には、なかなか出会えない。それに、よさそうだと思ってスカウトしても、きちんと話を聞いてもらえないことも多かった。

メアリは25歳の立派な成人女性だが、実際の年齢よりも若く見える。背が低くて、くりくりとした大きな目に、ちょこんとしたかわいらしい鼻。そして、ふっくらとした唇《くちびる》からカナリアのように高い声を出すから、子どもっぽい雰囲気《ふんいき》なのだ。頬《ほお》のそばかすや3つ編みにした髪も、夢見がちな少女という印象を際立《きわだ》たせていた。

メアリは、行く先々で、調査団にふさわしそうな男性を見つけては、「わたしの北極探検に加わる気はない？　人類の進歩に貢献《こうけん》する、偉大《いだい》な仕事よ！」と誘《さそ》ってきた。しかし、たいていの場合「世間知らずのお嬢《じょう》ちゃん」呼ばわりされて、取り合ってもらえなかった。

勧誘していて危険な目に遭《あ》うこともあったが、そういう場合は祖父仕込みの護身術《ごしんじゅつ》を使って身を守った。祖父は海洋学者として、世界をめぐることが多く、メアリも何度も同行していた。そのとき、自分の身は自分で守れるようにと、護身術を修得していたのである。おかげで、図体が大きい相手にも負けない自信がメアリにはあった。

「いい仲間って、なかなか見つからないものね。体が丈夫《じょうぶ》で、精神力があって、冷静で。科学の知識がある人だと、なおいいわ。欲《よく》を言うなら、いい友人になってくれそうな人だと最高。氷に閉ざされた世界で、ともに尊敬《そんけい》しあい、支え合えるような友人がいてくれたら、どんなに心強いかしら……」

そんなふうにつぶやきながら、メアリは馬に乗って雪深い森の中を進んでいた。そのとき、森の奥《おく》から、何匹かの犬が吠《ほ》えているのが聞こえた。

――いったい何の騒《さわ》ぎかしら？

メアリは馬の進路を変えて、鳴き声が聞こえる方角へと向かった。けたたましく吠えたてる鳴き声はどんどん近くなり、やがて4頭の大型犬の姿《すがた》が見えてきた。4頭とも、そりにつながれており、その犬ぞりはひっくり返っている。

犬ぞりのすぐそばの雪の中で、一人の男性がうつ伏《ぶ》せで倒れているのが見えた。犬ぞりでの移動中に、転倒してしまったのだろう。

「ちょっと……あなた、大丈夫⁉」

メアリは急いで馬を下り、その男性のもとへ駆《か》け寄《よ》った。男性の体に触《ふ》れると、氷のように冷たい。いったい、どれくらいの間、ここで倒れていたのだろう？

「大変……！　しっかりして」

男性は意識を失っており、メアリに抱《だ》き起《お》こされても反応しなかった。年齢は、30歳を少し過ぎたくらいだろうか。雪まみれの金髪《きんぱつ》は、ボナボナに伸《の》び散《ち》らかって、口もとには無《ぶ》精《しょう》ひげが生《は》えている。美しい顔立ちをしているが、血の気が失せて、唇《くちびる》まで真っ青になっていた。……早く助けないと、手遅《ておく》れになってしまう。

「温かい場所に運ばなくちゃ！」

メアリはとっさに、犬ぞりの状態を確認した。転倒事故の衝撃《しょうげき》のためか、いくつかの板がはがれたり釘《くぎ》がゆるんだりしているが、まだ何とか使えそうだ。

男性の脇を支えて犬ぞりに乗せ、メアリもそりに飛び乗った。自分の馬を後ろからついて来させながら、近くの村を目指す。

　村に着くなり、メアリは村人たちに助けを求めた。

「森で遭難《そうなん》している人を見つけたんです！　このままでは、凍《こご》え死《し》んでしまいます……どなたか、この人を温かい部屋で休ませてくれませんか？」

　親切な村人が、メアリと男性を家に迎《むか》え入《い》れてくれた。メアリは、通された部屋のベッドに男性を寝《ね》かせた。村人から衣服を借りて、着替《きが》えを手伝ってもらってから、毛皮の毛布で彼の体をしっかりくるんで温めた。

　男性が意識を取《と》り戻《もど》したのは、半日くらい経《た》ってからだった。彼は、重たそうにまぶたを開けた。彼の瞳《ひとみ》は、空のように澄《す》んだ青色だった。

　男性をのぞきこむようにして、メアリは声をはずませた。

「よかった！　目が覚めたのね！」

　男性は衰弱《すいじゃく》しきっていたが、かすれた声でたずねてきた。

「……………ここは、どこだ？」

「あなたが倒れていた森の、すぐそばの村よ。あなたは転倒事故を起こして、凍死《とうし》しかけていたの。わたしが偶然《ぐうぜん》あなたを見つけて、壊《こわ》れかけの犬ぞりでこの村に運んだってわけ。親切な方が、この部屋を貸してくれたの。よくなるまで、ここにいていいそうよ。もう心配いらないわ」

にっこり笑うメアリとは対照的に、男性は絶望しきったような顔をしている。

「……くそっ！」

くやしそうにこぶしをふるわせ、男性は声を絞《しぼ》り出《だ》した。

「今度こそ、もう少しで奴《やつ》に追いつけるところだったのに……！」

「奴？」

男性は、メアリの問いかけには応えなかった。そのかわりに、よろよろしながらベッドから起き上がろうとする。

メアリは、あわてて彼を押しとどめた。

「まだ安静にしていなきゃだめよ。あなた、死にかけていたんだから」

「しかし、今すぐ追いかけなければ……。奴が、遠くへ行ってしまう」

「誰を追いかけているのか知らないけれど、今のあなたが外に出ても、旅を続けるのは無理よ。悪いことは言わないから、体力が戻《もど》るまで、何日か休ませてもらいなさい」

「そんな時間は、ないんだ……」

男性は、体を引きずるようにベッドから出て何歩か歩いたが、足がふらついて、その場でうずくまってしまった。

「ほら、少し歩くのも、やっとじゃない。ともかく、今のあなたには、静養が必要よ。わたし、温かい食べ物を頼んできてあげる。おとなしく休んでいてね」

メアリは優しい声でそう言うと、男性を助け起こしてベッドに寝かせた。男性は、無念そうな顔で口をつぐんでいたが、やがて、小さな声で言った。

「……世話になる」

部屋から出たメアリは、家の住人に、男性が意識を取り戻したことを伝えた。住人が温かいスープを用意してくれたので、メアリはそれを部屋まで運んだ。

「村の方が、スープを作ってくださったの。飲める？」

男性は、少し申《もう》し訳《わけ》なさそうな顔をしながら、メアリからスープの皿を受け取った。ひとくち、ふたくちと、彼はゆっくりと食べものを口に運んでいく。メアリは彼の食べ方を、なにげなく見ていたが、ふと気がついた。彼の食べ方には品があり、上流階級の食事作法が自然に体になじんでいた。

——この人、何者なのかしら。この人の顔、どこかで見たことがある気がするんだけれど……どこだったかしら？

この男性は何者なのだろう？　全身から疲労《ひろう》の色がにじみ出て、伸《の》び放題になった金髪や無精《ぶしょう》ひげが、ひどく薄汚《うすよご》れた印象をかもしだしている。しかし、彼の顔立ちはどこか気品があり、彼の青い瞳《ひとみ》には知性的な光が宿っていた。この男性にはどことなく、学者のような風格があると、メアリは感じていた。メアリ自身が海洋学者であり、これまで、さまざまな学者と接してきたから、その直観には自信があった。

メアリは気さくに笑いながら、男に話しかけた。

「私の名前はメアリ・シェリー。イギリス人よ。大きな計画を成《な》し遂《と》げるために、２ヵ月前からノルウェーに滞在《たいざい》しているの。あなたは？」

すると、その男性は、にこりともせずに答えた。

「ヴィクター・フランケンシュタイン。スイス人だ。……探し物のために、ノルウェーに来た」

彼の名前を聞いて、メアリは小さく首を傾《かし》げた。

――ヴィクター・フランケンシュタイン？　やっぱり、聞いたことのある名前だわ。どこだったかしら？　ええと……、たしか、大学で……。

しばらく考え込んでから、メアリはふいに思い出した。

「あぁ！　ヴィクター・フランケンシュタインって……。もしかしてあなたは、インゴルシュタット大学の、あのフランケンシュタインさんですか!?」

メアリがいきなり明るい声でたずねてきたので、男性はびっくりしているようだった。

「君は……私を知っているのか？」

「ええ、それはもちろん。だって、わたしは、あなたの大学の後輩《こうはい》なんですもの！」

うれしそうに笑って、メアリは答えた。

「フランケンシュタインさんのお名前は、よく知っています！　生化学がご専攻《せんこう》でしたよね？　学術誌に、あなたのお名前や肖像画《しょうぞうが》が載《の》っていたのを、見たことがありますよ。それに、あなたが書いた論文も読んだことがあります。まだ学生でありながら、あんなにすばらしい論文を次々に発表したあなたのことを、わたし、とても尊敬《そんけい》していたんです！　わたしは海洋学の専攻でしたし、フランケンシュタインさんが大学をおやめになったころに入学したので、大学で会う機会はありませんでしたけど」

インゴルシュタット大学の、ヴィクター・フランケンシュタイン。彼は、かつて生化学の分野で名をはせた、とても優秀な学生だった。入学直後から数々の発見をして、学会でも注目されていたはずだ。しかし、彼はなぜか、突然《とつぜん》に退学してしまった。メアリが入学したのは、彼が大学をやめたころだったので、ちょうど入れ違いである。

なぜ、フランケンシュタインが退学したのか、メアリを含《ふく》めて学生たちは、誰も理由を知らなかった。研究に熱中しすぎて精神《せいしん》を病んでしまったためだとか、もう学ぶものがなくなって大学にあきたからだとか、当時はいろいろなうわさが飛びかっていた。

「あの有名なフランケンシュタインさんに会えるなんて……しかも、まさか大学から遠く離れたノルウェーで！　わたし、驚きました」

「…………」

目を輝かせているメアリとは対照的に、フランケンシュタインは、なんだかとても嫌《いや》そうな顔をしている。

「……やめてくれ。私の、忌《い》まわしい過去を語るのは。あのころのことなんて、もう何も聞きたくないんだ」

「忌まわしい過去？」

誰もがうらやむ優秀な学生だったはずの彼が、なぜ大学時代のことを「忌まわしい」だなんて言うのだろうか。メアリは、不思議そうな顔でフランケンシュタインを見つめた。

気まずい空気が流れてしまったので、メアリは、あえて話題を変えることにした。

「ねぇ、フランケンシュタインさん。あなたは犬ぞりで、どこへ行くつもりだったんですか？」

「……捜《さが》し物《もの》だよ」

「捜し物？」

「ああ。私のもとから逃《に》げ去《さ》った『とあるモノ』を捕《つか》まえるために、私は長い旅をしている。この命が尽《つ》きるまで、一生、旅を続けることになるのかもしれない」

くやしそうに歯ぎしりをして、フランケンシュタインは、自分自身に言い聞かせるようにつぶやいた。深刻《しんこく》そうな彼の様子を見て、メアリは思いをめぐらせていた。

――捜し物って、さっき、フランケンシュタインさんが言っていた「奴《やつ》」という人のことかしら？　なんだか、とてもつらそうだけれど、いったい何があったんだろう……。

フランケンシュタインは、思いつめた表情をしている。彼の目つきはとても鋭《するど》く、どこか落ち着きがない。

「……私は、責任を果たさなければ。自分のしでかしたことに、決着をつけなければならないんだ。そうでなければ、私は死ぬことさえ許《ゆる》されない」

――決着？　責任？

メアリは、思わず顔をこわばらせた。

「フランケンシュタインさん。あなたが何をしたかは知りませんが、死ぬことすら許されないほどの責任なんて、ありませんよ。いったい、誰を追いかけているんですか……？」

「これ以上、何も説明する気はない」

氷のように冷たい声で、彼はそう言った。彼はひどく思いつめていて、命をかけて誰かを追いかけているらしい。……そんな彼の様子を見て、メアリは危《あや》うさを覚えた。彼にとっては、生きることそのものが苦しみであるかのようだ。

一方で、メアリにとっての人生は、希望に満ちてキラキラと輝いたものである。どんなに悲しいことやつらいことがあっても、生きている限り、いろいろな出会いや学びが得られるし、失敗してもやり直しのチャンスはある。それに、生きていれば、夢を追いかけることだってできるのだ。

――フランケンシュタインさんは、これまでどんな生き方をしてきたのかしら。大学をやめたのも、なにか大変な事情があったからなのかも。……でも、ともかくこの人にも、生きる喜びを知ってほしい！　私に、何かお手伝いできることはないかしら？

そんなふうに考えていたら、ふと、いいアイデアを思いついた。メアリは、思い切ってフランケンシュタインに、そのアイデアを伝えることにした。

「ねぇ、フランケンシュタインさん！　わたしと一緒に、北極探検に行ってみませんか？」

「……は？」

フランケンシュタインは、「意味が分からない」とでも言いたげな顔で、まゆをひそめた。なんの脈絡《みゃくらく》もなく、いきなり「北極探検に行こう」などと誘《さそ》われれば、そんな態度になるのも無理はない。

けげんそうにしているフランケンシュタインに向かって、メアリは笑顔で説明を始めた。

「わたしは、海洋学者なんです。海洋研究の一環《いっかん》として、北極探検を計画していて、何年もかけて準備を進めてきました。今はちょうど、北極探査船《たんさせん》の乗組員になってくれそうな人を、募集しているところなんです。体力と精神力があって、科学的な知識も備えた人が仲間になってくれたら、どんなにいいだろうと思っているんですが……そういう人って、なかなか見つからなくて。でも、フランケンシュタインさんなら、ぴったりです！　あなたの知識と才能を活かして、一緒に北極の謎《なぞ》を解き明かしに行きませんか？」

「……謎を、解き明かす？」

フランケンシュタインは、警戒《けいかい》するように低い声で、問い返した。

「はい。……フランケンシュタインさんが、これまでどんな生活をなさっていたのか、どれほどつらい経験を抱《かか》えているのか、わたしには想像もつきません。でも、過去よりも、今と未来のほうが大切だと思うんです！　だから、ぜひ一緒に、北極に行きましょう！　そうすればきっと、未来は希望にあふれて、すばらしいものになりますよ。計画を説明しますね」

メアリは、自分の計画をフランケンシュタインに伝えることにした。

「今回の北極探検計画は、亡くなった祖父から引《ひ》き継《つ》いだものなんです。長年の研究によって、わたしは『北極海を横断してシベリアからグリーンランドに向かう海流』を発見しました。この海流を利用すれば、北極点付近まで航行可能だと思われます」

メアリは、熱心に自分の計画を語り続けた。やる気が燃え上がり、目はらんらんと輝いている。

「これまでも、北極に船で挑《いど》んだ探検家は、たくさんいました。ですが、残念ながら彼らの探査船のほぼすべてが、北極海に浮《う》かぶ氷のかたまり――流氷に、行く手を阻《はば》まれたすえに、探検をあきらめて引き返したり、むりに探検を続けて遭難《そうなん》や沈没《ちんぼつ》という結末に終わったりしていました。つまり、過去の探検家たちは、流氷との戦いに負けてしまったんです。でも、わたしは流氷とは戦いません。そのための特別な探査船を作りましたから」

メアリは、「特別な探査船」ということを強調しながら説明を続けた。

「わたしの探査船は、上から見ると楕円形《だえんけい》になるように設計されています。そうすることで、流氷と流氷の間に船体がはさまれてしまっても、押しつぶされずに氷の上に浮《う》き上《あ》がれるんです。とても頑丈《がんじょう》に造《つく》っていますし、防寒設備も万全です。今回の北極探検では、わたしの船は、『無理やり流氷と戦う』のではなく、『海流上を移動する流氷とともに、数年間という長い時間をかけて、根気強く北極点を目指す』という作戦をとります。数年間の北極生活に耐《た》えられるように、食料は5年分ほど積めますし、飲み水の自給自足システムも搭載《とうさい》しています！」

メアリはよどみなく説明を続けた。フランケンシュタインの表情がどんどん暗くなっていくのにも気づかず、メアリはしあわせそうに声を弾《はず》ませている。

「どうです？　ワクワクしませんか、フランケンシュタインさん。氷に閉ざされた、未知の世界を自分の目で見たくありませんか？　わたしたちの手によって、前人未踏《ぜんじんみとう》の地である、北極の謎《なぞ》を解き明かすことができるんですよ？　さまざまな発見をして、その知識を後世に伝えることができるなら、人類の発展に貢献《こうけん》するすばらしい仕事となるはずです」

「………やめたまえ」

これまで黙《だま》って聞いていたフランケンシュタインは、いきなり暗い声でそう言った。フランケンシュタインの顔は、なぜかおびえるような表情になっている。

「科学の力を振りかざして、自然を冒瀆《ぼうとく》するのは、やめたまえ。人間が暮らせない環境に無理やり踏《ふ》み入《い》って、そのすべてを理解しようだなんて、ばかげている。知識を得ることが、どれほど危険《きけん》なことなのか、君は、まったくわかっていない。そんな無謀《むぼう》な探検を実行したら、君は絶対に後悔《こうかい》することになるだろう」

頭ごなしに否定されるとは思わず、メアリは、ムッとした顔になって反論した。

「無謀な探検ですって？　わたしの計画が、失敗すると思っているんですね？　たしかに、これまでも『そんな無茶な計画が成功するわけがない』と言って、馬鹿《ばか》にする人はたくさんいました。でも、この計画は、無茶なんかじゃありません。きちんとした根拠《こんきょ》があるし、十分な検証も重ねていて……」

「そういう問題じゃない！」

フランケンシュタインは、声を荒《あら》くした。

「自然に逆《さか》らうようなまねは、絶対にやってはいけないんだ！　いつか必ず、とんでもない過《あやま》ちを犯《おか》して、死ぬよりつらい苦しみに、さいなまれることになる。……この私のように」

「どういう意味ですか？」

フランケンシュタインは、返事に困《こま》った様子で、言葉をつまらせた。どうやら、自分の過去を思い出すのが苦しいらしい。フランケンシュタインの目から、涙《なみだ》があふれそうになり、彼は両手で目をおおった。

「……メアリ、と言ったね。君はまるで、好奇心旺盛《こうきしんおうせい》な子どものようだ。君の姿《すがた》を見ていると、私は、かつての自分自身を見ているようで、つらくなる。……私もかつては君のように、自分の知識や技術を使って、自然の神秘《しんぴ》に挑《いど》もうとしていた」

ぜいぜいと、苦しげに背中を上下させて、荒《あら》い呼吸《こきゅう》をしながら、フランケンシュタインは話を続けた。

「しかし、それはあまりに傲慢《ごうまん》で、愚《おろ》かな行為だった。私は間違いを犯《おか》してしまった。……自然の世界には、人間が解き明かしてはいけないものがあるんだ。……君は、かつての私と同じだ。君は今、大いなる罪《つみ》を犯そうとしている！」

フランケンシュタインは、ガタガタとふるえていた。美しい顔が、真っ青になってしまっている。

「大丈夫《だいじょうぶ》ですか、フランケンシュタインさん。落ち着いてください」

心配して背中をさすろうとしたメアリの手を、フランケンシュタインは、強くつかんで訴《うった》えた。

「ともかく、北極探検なんて、くだらないことは今すぐやめるんだ！　研究をすべて捨てて、故郷の家族のもとへ帰りなさい。家族を大切にして、二度と危険《きけん》な知識を求めてはいけない！」

――北極探検が、くだらないことですって⁉

メアリは顔色を変えた。自分の生きがいであり、祖父とのきずなでもあった北極探検を「くだらないこと」呼ばわりされたのが許《ゆる》せなかった。

「よけいなお世話です！　あなたに口を出される筋合《すじあ》いはないはずよ。……それにもう、わたしには、家族なんて一人もいませんから‼」

メアリは言った――唯一《ゆいいつ》の家族だった祖父が亡くなった今、自分は一人ぼっちなのだと。

そして、祖父が成《な》し遂《と》げようとしていた北極探検を成功させることが、自分の生きがいなのだと。

「わたしは、４歳のときに母を亡くしました。……それからしばらくして、父は再婚しましたが、新しい母は、わたしに冷たかったんです。しだいに、父もわたしを避《さ》けるようになってしまって……。そのころのわたしは、『わたしは、いらない子なんだ』って思って、毎日のように泣いていました。でも、おじいさまが、わたしを引き取ってくれたんです。今のわたしがあるのは、全部おじいさまのおかげなんです。おじいさまはわたしに優しくしてくれたし、教育も与《あた》えてくれました。……この北極探検は、亡くなったおじいさまから受《う》け継《つ》いだ、大切な、大切な夢なんです！　だから、出会ったばかりのあなたに、この夢を否定《ひてい》されたくありません！」

メアリは声を荒《あら》くした。

「そもそも、どうしてあなたは、そんなひどいことを言うんですか？　わたしは、自然を壊そうとか、誰かに危害《きがい》を加えようとか、そんなことはちっとも考えていないのに！　ただ北極をこの目で見て、北極独自の自然現象を、研究したいだけです！」

必死に訴《うった》えるメアリを見て、フランケンシュタインは少し落ち着きを取《と》り戻《もど》した様子だった。彼は申《もう》し訳《わけ》なさそうな表情で頭を下げた。

「……君に不快な思いをさせたことは、謝《あやま》るよ。私の説明が足りなかった」

彼があまりにも悲しそうな表情をしているので、メアリは、彼のことがかわいそうになってきた。

「フランケンシュタインさん、あなたに、いったいなにがあったんですか？　優秀な学生だったあなたが、いきなり大学を退学したのと、何か関係があるんですか？　……事情を聞かせてくれたら、わたしは、あなたを手助けすることができるかもしれません」

「……いいや、手助けなんて無理だ。誰にも、私を救うことはできない。私はどうしようもなく身勝手で、罪深《つみぶか》い人間なのだから。私の人生は絶対にやり直せないし、いつか決着をつけて、私に死が許《ゆる》されるまで、私が自由になることもない」

フランケンシュタインの青い目は、どうしようもなく、悲しそうな色をしていた。目から涙《なみだ》をあふれさせ、決意に満ちた表情でメアリを見つめている。

「……だが、分かった。命の恩人《おんじん》である君には、私の忌《い》まわしい過去を、すべて教えてあげよう。君が、無邪気《むじゃき》な好奇心《こうきしん》に駆《か》り立《た》てられて、私と同じ過《あやま》ちを犯《おか》すことのないように。君の人生が、私のように悲惨《ひさん》なものにならずに済むように……」

フランケンシュタインは、沈《しず》んだ声で語り始めた。メアリは、静かに耳を傾《かたむ》ける。

「聞いてくれ、メアリ。愚《おろ》かな私の、許《ゆる》されざる過去を……！」

＊＊＊

私、ヴィクター・フランケンシュタインは、今から31年前に、スイスのジュネーブで生まれた。

フランケンシュタイン家は、由緒《ゆいしょ》ある家柄《いえがら》で、先祖《せんぞ》から代々受《う》け継《つ》いできた莫大《ばくだい》な財産を持っていた。立派な屋敷《やしき》に住み、地元の人々からも尊敬《そんけい》されて、何不自由なく暮らしていたんだ。フランケンシュタイン家の長男として生まれた私は、優しい家族に囲まれて、しあわせな日々を送っていた。

フランケンシュタイン家は、父母と私、そして一つ年下の妹エリザベスの４人家族だった。ただし、血のつながりがあるのは父母と私だけで、エリザベスは血がつながっていない。もともとは、エリザベスは身寄《みよ》りのない孤児《こじ》だったのだ。両親が彼女を孤児院から引き取ってきたのは、私が６歳のときのことだった。

地元の有力者であったフランケンシュタイン家は、当時さまざまな慈善《じぜん》事業を行っていた。そのひとつとして、両親は、よく孤児院への寄付《きふ》や訪問をしており、訪問先《ほうもんさき》の孤児院でエリザベスに出会った。

優しくて愛らしく、とても賢《かしこ》いエリザベス。けれども、幼いころの彼女は少し体が弱くて、孤児院の生活環境に慣れることができずに、しばしば寝込《ねこ》んでいたらしい。そんなエリザベスを見て、両親は「放っておけない」と思い、彼女をフランケンシュタイン家の養女として迎《むか》えたのだ。

エリザベスを連れて帰ってきた父と母は、うれしそうに笑って、私に言った。

「ヴィクター。今日からは、我《わ》が家《や》に家族が増えるぞ。この子の名前は、エリザベスだ」

「エリザベスは、ヴィクターより一つ年下よ。だから、ヴィクターはお兄さんになるの。妹のことを、大切にしてあげてね」

エリザベスを一目見た瞬間、私は、我が家に天使が舞《ま》い降《お》りたのかと思った。そう思えるくらい、エリザベスは、かわいらしい子だったのだ。私は、妹ができたことをとても喜んだ。

「これからよろしく、エリザベス！　分からないことがあったら、何でも僕に聞いてよ」

「はい……、よろしくおねがいします。……兄さん」

はにかみながら、エリザベスはそう言った。初めて「兄さん」と呼《よ》んでもらえたとき、どれほどうれしかったことか！

エリザベスは、私を実の兄のように思ってくれたし、私もエリザベスを、実の妹のようにかわいがった。エリザベスは、誰からも愛される優しい子だったから、彼女がほめられるたびに、私も、ほこらしい気分になったものだ。

私とエリザベス、そして私の幼なじみであるヘンリー・クラーヴァルの3人は、毎日のように一緒に遊んだ。ヘンリーは名のある商家の息子であり、彼の家とフランケンシュタイン家は、家族ぐるみのつきあいをしていた。

私たちの遊び場所は、雄大《ゆうだい》な自然の中だった。スイスは、アルプス山脈を擁《よう》する緑豊かな国だ。季節の移り変わりを楽しみながら、森や湖ではしゃぎまわるのが、子ども時代の私にとっては何よりの楽しみだった。

星々のまたたく夜空を眺《なが》めるのも好きで、私とエリザベス、ヘンリーはよく、一緒に空いっぱいの星々を見上げて語り合った。

「お星さまって、本当にきれいだわ……！　キラキラと輝いているのを見ていると、お星さまが、私たちに何かを語りかけているような気がしてくるの」

エリザベスは、うっとりしながら、夜空の星に手を伸《の》ばしている。エリザベスの言葉を聞いて、ヘンリーはうなずいていた。

「そうだね。大昔から、エリザベスと同じように感じる人は多かったみたいだよ。星はさまざまな文学作品の中で、人間の行動や運命を導《みちび》く、神秘的《しんぴてき》な存在として描かれているんだ。……でも、僕がとくに印象深いと思ったのは、シェイクスピアの『ジュリアス・シーザー』のひと場面かな。『運命を決定するのは、星ではなく、自分自身なのだ』というカシワスのセリフに、僕はとても感動したんだ」

「ヘンリーは、いろんな文学作品にくわしいのね」

エリザベスの目には、身の回りの自然現象は、ロマンチックな幻想《げんそう》の世界として映っているようだった。そして、ヘンリーは文学的な知識が豊富《ほうふ》で、詩的な表現を好む。

しかし、私はこの2人とは異なり、子どものころから、科学的な見方で物ごとをとらえるのが好きだった。

だから私は、ほほえみながら2人に言った。

「エリザベスとヘンリーの考え方は、とても魅力的《みりょくてき》だと思うよ。でも、天文学的な見方をするのであれば、星々はただ、自ら光を発したり、反射しているだけさ。星の導きなどというのは、人間が、星の光に対して勝手に神秘的《しんぴてき》な意味合いを見いだしているに過ぎない。あの星々は、はるか彼方《かなた》の宇宙に浮《う》かんでいて、地球の大気の影響《えいきょう》によって、またたいて見えているんだ」

私がそう言うと、ヘンリーは肩《かた》をすくめながら笑っていた。

「ヴィクター、お前ってやつは、いつもそうやって……」

「べつに、君たちの感じ方を否定《ひてい》しているわけじゃないさ。そういう科学的な見方もできる、という話をしただけだ」

「わかっているわ、兄さん。兄さんのお話を聞くのも、私は大好きよ」

「僕だって、ヴィクターに文句を言いたいわけじゃない。同じ星空なのに、3人それぞれの見え方があるっていうのも、おもしろいしね」

私たち3人の価値観はそれぞれ違っていたが、好奇心旺盛《こうきしんおうせい》なところはよく似《に》ていた。私たちにとっては、感じ方や意見の違いもまた、楽しいものだった。
しあわせな気分にひたりながら、3人で無限の夜空に包《つつ》まれていた。

私たちは、遊びだけでなく勉強も大好きだった。フランケンシュタイン家もクラーヴァル家も、教育熱心な家庭だった。だから、私たちの両親は、優秀な家庭教師を雇《やと》って、私たちにさまざまな学問を学ばせてくれた。エリザベスやヘンリーが、文学や社会学を好む一方で、私はそれらにはあまり関心を示さなかった。私がこよなく愛したのは、自然科学という学問である。

自然科学とは、自然界に存在するさまざまな現象を観察し、その仕組みを解き明かしたり法則を導《みちび》き出《だ》したりする学問だ。たとえば、生命はどのように生まれるのか？　生物の体は、どのような構造をしているのか？　電気や熱は、どのような特徴をもっているのか？　夜空の星々は、どのような法則で空をめぐっているのか？　地球の地面の深くは、どうなっているのか？　海の水は、どのように循環《じゅんかん》しているのか？　目の前のありとあらゆる現象が、自然科学の研究対象であり、少年時代の私を魅了《みりょう》していた。

そして、自然科学の中でも、私がとくに夢中になったのは、「生化学」の分野だった。生化学というのは、生物学と化学の中間に位置するような学問だ。生物の体内で起こる化学反応を研究し、食べ物が体内でエネルギーに変わる仕組みや、体が成長する仕組みなどを解き明かそうというのが生化学である。

家庭教師から生化学の話を聞くたび、私はきらきらと目を輝かせた。

「先生。生物の体の中で、こんな現象が起きているなんて、すごいですね！ 大きな獣《けもの》から、ちっぽけな虫まで、どんな命にも、謎《なぞ》がいっぱい詰《つ》まっているなんて……。命って、本当に不思議だなぁ」

そして、興奮気味《こうふんぎみ》に家庭教師に言った。

「先生。僕はいつか、自分の手で命を作り出してみたいです！」

家庭教師は、苦笑していた。私の言葉を真剣《しんけん》には受け止めていないようだった。

「命を作る？ ヴィクター君は、ずいぶんと難しいことを考えるのね。これまで、人工的に生物を作り出した科学者は、一人もいないのよ。命を作るのは、神様だけができることだもの」

「でも、僕はチャレンジしてみたいです！　だって、自分で命を作り出せたら、本当の意味で生化学を理解したということになると思うんです」

少年時代の私は、そんなことを無邪気《むじゃき》に考えていた。……それがどれほどおそろしいことなのか、当時は思いもよらなかった。

そんな私の生活に一つの転機がおとずれたのは、14歳のときだった。ある日、私はお屋敷《やしき》の蔵書室《ぞうしょしつ》で、偶然《ぐうぜん》に1冊の本を見つけたのだ。それは、とても古びた本で、コルネリウス・アグリッパという数百年前のドイツ人学者が記した本だった。

「……なんだ？　この本は。『錬金術《れんきんじゅつ》』って書いてあるけれど……」

私はそれまで、錬金術という言葉を耳にしたことがなかった。

錬金術というのは、古代ギリシアや古代エジプトの時代に始まった、とても古い学問である。硫黄《いおう》や水銀などの、比較的《ひかくてき》身近にある物質を変成させて、金などの希少な物質を作り出そうというのが、錬金術の目的だ。そして、「人工生命」や、「不老不死の妙薬《みょうやく》」などを作ることも、錬金術の目的に含《ふく》まれていた。

生まれて初めて読んだ錬金術の本に、私は衝撃《しょうげき》を受けた。

「これは……なんてすごい本なんだ！　この本に書かれている実験内容を、本当に行うことができたら、僕は自分の手で命を作り出せるぞ⁉」

私はその本を抱《だ》きしめて、蔵書室から飛び出し、両親のもとに駆《か》けていった。

「父さん、母さん、見てよ！　地下の蔵書室で、すごい本を見つけたんだ！　この本の通りに実験したら、すごいものが作れるよ」

ところが両親は、興奮する私を見て、あきれたように笑っていた。

「おや、そんな時代おくれの本が、蔵書室に残っていたのかい？　ヴィクター、錬金術の本なんて、真剣《しんけん》に読んではいけないよ」

「ヴィクター、あなたみたいに賢《かしこ》い子でも、夢見がちなことを言うことがあるのね。錬金術なんて、大昔のおとぎ話みたいなものなのに」

両親は、苦笑しながら、私に教えてくれた。錬金術がヨーロッパで注目されていたのは、もう200年以上も昔のことだったのだと。現代では、錬金術は時代おくれの怪《あや》しげな学問として、すたれてしまったらしい。かつて盛《さか》んに行われた、金や人工生命などを作り出すための錬金術の実験は、ことごとく失敗に終わったそうだ。しかし、過去の錬金術師たちが実験していた過程《かてい》で、さまざまな発見がなされ、彼らの発見や知識が基礎《きそ》となって、近代科学が発展していったという。

「今の時代の我々にとっては、錬金術なんて、時代おくれの実験ごっこに過ぎないんだよ。そんな本は、ただの骨董品《こっとうひん》みたいなものさ」

笑ってそう言う両親のことを、私は内心では不満に思っていた。

――父さんも母さんも、錬金術を馬鹿《ばか》にしているけれど、本当にこれは「時代おくれの実験ごっこ」ですませていいものなんだろうか。僕の目には、すばらしい可能性を秘《ひ》めているように見えるぞ……？

近代科学がすばらしいのは、間違いない。化学や物理学、生物学など、各方面でさまざまな発見が積み重ねられてきたし、「科学のおかげで、ひと昔前と比べて生活がとても便利になった」と、大人たちは口をそろえて言っている。

だが、近代科学の技術をもってしても、できないことは、まだたくさんある。不老不死の薬を作ったり、人工生命を生み出したりするのは、未《いま》だに不可能だ。

――錬金術を頭ごなしに否定《ひてい》するのではなくて、現代の知見から、再評価するべきなんじゃないか？

当時の私は、そう信じて疑《うたが》わなかった。

もしも、錬金術と近代科学をうまく融合《ゆうごう》できたら、どんな不可能も可能になるに違いない。そう考えた私は、錬金術の本を読み解きながら、こっそりと実験を始めた。

……しかし、結論から言うと、当時の私の実験は何一つ成功しなかった。

「まったく！　どうしてこの本は、実験の内容や手順を、きちんと書いてくれていないんだ？　これじゃあ、実験を再現できないよ」

錬金術の本は、近代科学の本とは異なり、とても抽象的《ちゅうしょうてき》であった。実験に使用する物質の名前や、分量についてもきちんと書いていないし、実験の手順は詩的な文章表現で、はぐらかされている。

「……うーん。どんな物質を用いて、どんな作業を、どのくらいの時間続ければいいんだ？　とりあえず、想像しながら、一つずつ試していくしかないな」

私は、あれこれと試行錯誤《しこうさくご》を続けた。

自分の部屋にこもって、黙々《もくもく》と研究に励《はげ》む私のことを、エリザベスやヘンリーは心配していたようだった。

しかし私は、一度やると決めた物ごとを、中途半端《ちゅうとはんぱ》な状態にしておくことが嫌いだった。やると決めたら、納得するまで徹底的《てっていてき》にやりつくす。よくも悪くも、それが私の性格だった。だから私は、まるで取《と》り憑《つ》かれたように、毎日毎日、錬金術の実験を続けた。

「絶対にあきらめないぞ……！　自分の手で命を作ることができたら、すばらしいじゃないか。実現できたら、世界中の人が驚いて、大喜びするに違いない。命を生み出す方法が分かれば、いずれは応用できるようになる。そうなれば、すごいスピードで傷《きず》を治したり、死んでしまった人をよみがえらせたり、そんな夢のようなことが可能になるかもしれない。医学を発展させて、世界に貢献《こうけん》することができるんだ！」

そんな希望に導《みちび》かれ、当時の私は、時間を見つけては実験を続けた。失敗ばかりだったが、それでもあきらめることはなかった。

しかし、16歳のとき、私はパタリと実験をやめてしまった。こんな実験に意味などないと感じる出来事が起こったからだ。……それは、母の死だった。

母との別れは、突然《とつぜん》だった。

母が亡くなる数週間前に、エリザベスが猩紅熱《しょうこうねつ》という病気にかかってしまった。猩紅熱は、高い熱が出て、全身が発疹《はっしん》だらけになる感染症《かんせんしょう》であり、重症化すると死ぬこともある。

エリザベスを診断《しんだん》した医師は、私たちに言った。

「エリザベスさんは、非常に危険《きけん》な状態にあります。感染の拡大《かくだい》を防《ふせ》ぐため、エリザベスさんの看病《かんびょう》は、若くて体力のある人にさせるようにしてください。ご両親に、エリザベスさんの部屋には近寄《ちかよ》らないように」

ところが母は、医師の言うことを聞かず、エリザベスの病室にこもって、看病を続けた。愛する娘が死に瀕《ひん》していると思うと、目を離すことなど、できなかったのだろう。寝る時間も惜《お》しんで懸命《けんめい》に看病をし続けたおかげで、エリザベスは猩紅熱から回復した。

……しかし、エリザベスが治るのと同時に、今度は母が、猩紅熱にかかってしまったのである。

母が回復することはなく、発症から1週間後に亡くなった。死の直前、母は私たち家族を呼んで、こう言った――。

「……あぁ、愛する家族を残して死ぬのは、とてもさみしいわ」

父は、泣き出しそうな顔で首を振《ふ》っていた。

「そんな弱気なことを言うんじゃない。大丈夫《だいじょうぶ》だ、必ず治る……」

「いいえ。私は、もう助からないわ……本当は、あなたや子どもたちと、いつまでも一緒にいたかった。……でも、こんなに弱気なのは、私らしくないわね」

それから、母はやつれきった顔を、私とエリザベスのほうに向けた。

「ヴィクター、エリザベス。私は、あなたたちを愛しているわ。……本当はね、私は、あなたたちに夫婦になってもらいたいと思っていたのよ。あなたたち2人は、小さいころからとても仲よしで、互《たが》いに尊重《そんちょう》し合っていたから」

「か、母さん……。こんなときに、何を言ってるんだよ」

そんなことを言われたのは初めてだったので、私はとても驚いていた。エリザベスのことは、もちろん愛している。だが、それは家族としての愛情だ。実の妹のように接していたエリザベスと、結婚だなんて……。

ちらりとエリザベスを見ると、エリザベスは頬《ほお》を真っ赤に染《そ》めてうつむいていた。目に涙《なみだ》をためて、「お母さん……」とつぶやき、困惑《こんわく》している様子である。

母は、そんなエリザベスを愛《いと》おしそうに見つめた。

母の頬に、ぽろりと涙《なみだ》のしずくが伝《つた》った。

「……天国で、また、会いましょう」

そして母は安らかに、永遠の眠《ねむ》りについた。

母の葬儀《そうぎ》には、たくさんの参列者が訪れた。ヘンリーやその家族をはじめ、町中の人々が、母の死に涙を流してくれた。私たち遺族《いぞく》は、葬儀の席では冷静なふるまいをしていたつもりだ。しかし、心の中は、絶望で埋《う》め尽《つ》くされていた。

母が死んでからしばらくは、私も父もエリザベスも、心にぽっかり穴《あな》が開いたようになって、何も手につかなくなった。

私は、あれほど熱中していた錬金術《れんきんじゅつ》の研究を、完全に放り出していた。

——なんだ。科学も錬金術も、結局、何の役にも立たないじゃないか……。

そんなふうに思った。

いかなる知識も技術も、無力だ。あんなに明るくて元気だった母が、あっけなく死んでしまうなんて。

——ちくしょう！　母さんを返せ！

そう叫《さけ》び出《だ》したい気分だった。だが、母は誰かに命を奪《うば》われたわけではない。母を殺したのは、「自然の摂理《せつり》」だ。誰を責《せ》めるわけにもいかず、行き場のない苦しみに、あえぐ日々が続いた。

そんな私の心境に変化がもたらされたのは、母の死から3ヵ月が過ぎたころだった。

ある日、エリザベスが父と私に言ったのだ。

「お父さん、兄さん。私たちは、悲しむばかりじゃなくて、そろそろ前を向かなければいけないと思うの。……だって、お母さんは、私たち家族が仲よく元気に生きることを望んでいたんだもの。天国のお母さんが、安心して見ていられるように、私たちは、力強く生きていきましょう」

エリザベスの言うとおりだと思った。エリザベスは、悲しみに打ちのめされながらも、必死に立ち直ろうとしていたのである。それに、エリザベスは今、家族の中で一番つらい気持ちでいるに違いない……。エリザベスが発症《はっしょう》した猩紅熱《しょうこうねつ》が原因で、母は死んでしまったのだから。エリザベスは、途方《とほう》もない罪悪感《ざいあくかん》に苦しめられていることだろう。

苦しみに立ち向かうエリザベスの姿《すがた》は、とても美しかった。だから私も、いつまでも悲しんでばかりではいけない――そう決意を固めた。父もまた、エリザベスの態度に心打たれたようだった。

「お前の言う通りだよ、エリザベス。残された私たちは、力を合わせて生きていこう」

父はエリザベスと私を抱《だ》きしめた。そして、私に言った。

「ヴィクター。もしお前が望むなら、大学への進学を認めよう。お前のやりたいことができる大学であれば、外国の大学を選んでもかまわない」

父は、おだやかな笑みを浮《う》かべていた。

「お前はとても優秀だし、何かを熱心に研究していることも知っている。しかし、その研究も、独学で続けるには限界があるだろう？　すばらしい大学に入学して、優秀な先生のもとで学びなさい」

「父さん……！」

父は、私を心から応援《おうえん》してくれていた。エリザベスもまた、温かいまなざしを私に向けている。愛する家族に支えられ、私の胸の中には再び、「自分の手で生命を作り出す」という夢が燃え上がっていた。


それから2年後、私はドイツのバイエルン州にある、インゴルシュタット大学に入学した。インゴルシュタット大学は、数百年前に設立された伝統《でんとう》ある大学で、ヨーロッパでも有数の名門校だ。自然科学や法学、神学など、さまざまな分野で高い評価を受けており、優秀な教授や学生の集まる研究機関として有名だった。

しかし私は懸命《けんめい》に勉強して難しい入学試験に合格し、そのインゴルシュタット大学で生化学を学べることになった。

出発の朝。バイエルン行きの乗り合い馬車の停留所《ていりゅうじょ》まで、父とエリザベス、そして幼なじみのヘンリーが見送りに来てくれた。

「見送りありがとう。父さん、エリザベス、それにヘンリーも」

大学を卒業するには、最低でも3年。学士過程を修了してからも、さらに高度な修士や博士課程を目指すのであれば、合計で10年近くかかることもある。卒業するまでは、ほとんどジュネーブに戻《もど》る機会はないはずだ。そう思うと、寂《さび》しさがこみ上げてきた。

父は、私の手をとって、力強い声で言った。

「気をつけて行っておいで。我々のことは心配せずに、しっかりと勉学に励《はげ》むんだよ」

「分かったよ、父さん」

父の次に、ヘンリーが声をかけてきた。

「がんばれよ、ヴィクター。本当は僕も同じ大学に入学したかったんだけれど、おやじが認めてくれなくてな……。『国内の大学で十分だろう』と言って聞かないんだよ。でも、僕も必ずおやじを説得して、お前を追いかけるから。そのときは、よろしくな！」

「あぁ。待っているよ、ヘンリー」

それから、私はエリザベスを見た。

エリザベスは唇《くちびる》をかみしめてうつむき、今にも泣き出しそうな顔をしている。しかし、気持ちを切《き》り替《か》えるように、大きな笑みを顔に浮《う》かべて、明るい声で私に言った。

「兄さん、気をつけていってらっしゃい！　兄さんの活躍《かつやく》を、ジュネーブからいつも祈《いの》っているわ。手紙も、たくさん書くから。……兄さんも、たまにはお返事をくださいね」

エリザベスの声は、小さくふるえていた。本当は、彼女も「追いかけて同じ大学に行きたい」と言いたかったのかもしれない。しかし、女性のエリザベスはヘンリーとは違って、大学に入学することはないだろう――。うちは裕福《ゆうふく》な家庭ではあったが、父は、女性のエリザベスを大学に進学させたいとは思っていないはずだ。女性の教育は家庭教師から受けるものだ、というのが世間一般の常識だ。エリザベスもそれを理解しているから、自分の希望を口に出すことはないだろう。

涙《なみだ》をこらえて、明るくふるまうエリザベス。健気《けなげ》な彼女を見ているうちに、どうしようもなく愛《いと》しくなってきて、私は彼女をそっと抱《だ》きしめていた。

「ありがとう……、行ってくるよ、エリザベス」

幼いころ、エリザベスが泣いているとき、私はこうやって抱きしめてなぐさめていた。でも、抱きしめるなんて、子どものとき以来だ。……幼かった妹は、いつのまにか美しい女性へと成長していた。

名残惜《なごりお》しさを振《ふ》り切《き》るように、私は「行ってくるよ」と皆に言った。それから馬車に乗り込んで、インゴルシュタット大学へと向かった。


2週間あまりの馬車の旅を終え、私はインゴルシュタット大学に到着《とうちゃく》した。

家族と別れたさみしさに打ちのめされていた私だが、気持ちを切り替えて、入学の手続きを進めることにした。寮《りょう》の部屋に行って、必要な物品を買いそろえたり、お世話になる教授たちにあいさつをしたり。

準備の日々はあっという間に過ぎて、とうとう入学初日になった。

一人で見知らぬ国の大学に入ったため、入学したばかりのころは、不安でたまらなかった。しかし、大学で学びを重ねていくうちに、私は元気を取《と》り戻《もど》していった。

——楽しい！　大学の勉強は、なんておもしろいんだ！

家庭教師から学んだり、自分一人でこっそりと実験したりしていたころとは、比べものにならないほどの満足感が、大学にはある。最先端《さいせんたん》の研究内容に触《ふ》れられるのがうれしくて、たちまち学問に夢中になっていた。

私はわき目もふらず、大学の講義や研究に日々を費やした。大学で学ぶすべてがおもしろかったが、とくに印象深かったのは、「動物電気」の研究だった。動物電気というのは、ルイージ・ガルヴァーニというイタリア人の学者が、カエルを解剖《かいぼう》したときに発見した現象だ。カエルの脚《あし》の神経細胞《しんけいさいぼう》に、電気刺激《しげき》を与《あた》えると、脚の筋肉《きんにく》が収縮《しゅうしゅく》するというものである。私も教授の指導のもとで、カエルの神経細胞に金属フックを取りつけて、静電気発生装置で電気を流した。カエルの脚の筋肉がビクビクとけいれんしている様子を見て、ひどく感動した。

「……すごい！　こんなことができるなんて。やはり、科学はすばらしいぞ！」

科学は、明るい未来の香りがする。夢と希望にあふれながら、私は研究の道に突き進んでいった。科学がいかにすばらしいかは、実際に学んでみた人でなければ、想像できないだろう。なにか発見があるたびに、心がふるえて喜びに満たされる。

ほかの学生よりも私がひときわ熱心だったため、教授は充実《じゅうじつ》した環境で研究に打ち込めるよう、いろいろと便宜《べんぎ》を図ってくれた。周囲の学生からの尊敬《そんけい》のまなざしもどうでもよくなるくらいに、私は学問に夢中になった。教授の研究を手伝ったり、自らも生化学分野でいくつかの発見をして論文を出したりしているうちに、私は大学内外で高い評価を得るようになった。あまりに忙《いそが》しく、しかし充実した日々だったので、故郷に帰りたいとは一度も思わなかった。

1年、2年とあっという間に過ぎ去って、入学してから3年目には、私は学士過程を修了していた。

学士過程というのは、大学で最初に学ぶコースのことだ。このコースを修了すると「学士」という資格を手に入れることができ、大学を卒業することができる。しかし、私はもっとたくさん研究がしたかったので、次の段階である修士課程へと進むことにした。ただひたすらに、学ぶことを愛していたのである。そして、あるとき、ふと思いついた。

——今の私なら、「幼いころからの夢」を叶《かな》えられるんじゃないか？

幼いころからの夢……それは「生命の創造」だ。自然の神秘《しんぴ》に手を伸《の》ばしたいという、かつての情熱にふたたび突き動かされた私は、お世話になっている教授たちにアドバイスを求めた。

「先生、私は自分の手で命を作り出してみたいのです！　そのためには、どのような研究が必要だと思われますか？　先生のご意見をお聞かせください！」

しかし、優しかった教授たちは皆、あきれた顔で私を否定《ひてい》した。

「フランケンシュタイン君、それは無謀《むぼう》な計画だよ。生命の創造は、神だけができることだからね。あらゆる科学技術を駆使《くし》したとしても、人間には絶対に不可能だ」

教授たちの返事を聞いて、私は心の中で「なんてつまらない人たちなんだ」と失望していた。彼らは、最先端の科学の道に生きているというのに、古くからの常識にとらわれてしまっている。

——こんな教授たちの協力なんて、こっちから願い下げだ。私は自分一人でも成《な》し遂《と》げてみせる！

私はそう決意して、孤独《こどく》な研究を始めた。

——そうだ、私は彼らとは違う。私には、錬金術《れんきんじゅつ》の知識と経験があるのだから。

世間の人々は、錬金術を「役に立たない時代おくれの実験ごっこ」として馬鹿《ばか》にしているが、私はどうしても、錬金術がまゆつばだとは思えなかった。

近代科学と錬金術の融合《ゆうごう》は、私だけになしうる特別な技術だ。そう確信した私は、人目につかない場所を選んで、こっそりと生命創造の研究を続けていった。

研究を再開してからは、それまで以上に早足で日々が過ぎていった。大学の教授たちが講義で教える内容は、すべて完璧《かんぺき》に理解していたし、生化学的な理論や技術は、すでに誰よりも身につけているという自信があった。新たに学ぶことがないにもかかわらず、私が大学にとどまっていたのは、故郷に帰るよりも大学のほうが、一人きりで研究に専念《せんねん》できると思ったからだ。

いつの間にか、寮《りょう》の机《つくえ》の上は、故郷から届《とど》いた手紙でいっぱいになっていた。父やエリザベスが、私に送ってくれた手紙だ。

——忙《いそが》しいだろうから、返事はひまなときでいい。

そう書いてあったから、その言葉に甘《あま》えてほとんど返事を送っていなかった。入学したばかりの頃は、最低でも月に一度は返事を書いていたのだが、生命創造の研究を再開してからは、返事どころか封《ふう》を開けてさえいない。それくらい、私は忙しかったのだ。

私にとって、生命創造の研究は、生きる喜びそのものだった。考えるだけでワクワクするし、時間が経つのも忘れてしまう。

だが、そろそろ返事を書かなければ。手紙の山に思いきって手を伸《の》ばそうとしたとき、頭の中に重要なアイデアがひらめいた気がして、私は手を引っこめた。

「……人工生命を完成させるためには、まずは『生命とは何か』を理解しないといけない。だが、深く考えると、よく分からないことが多いな。細胞が一つ存在するだけでは、まだ生命とは言えないはずだ。それじゃあ、何個集まれば生命と呼べるんだ？　それに、細胞が何億個と集まっていても、ただの肉の塊《かたまり》では、生命とは言えない。だったら、肉の塊に何を与《あた》えれば生命と呼べるんだ？」

生命の不思議に挑《いど》むことは、私にとって最高の喜びだった。

「『生きている』という状態を理解するためには、遠回りかもしれないが、対極にある『死』をきちんと理解する必要がある。よし、命が失われて、肉体が腐《くさ》り落《お》ちていく様子を、きちんと観察してみよう！」

そんな思いつきを、おぞましいとさえ感じなくなっていた私は、すでにそのとき、道を踏《ふ》み外《はず》していたのかもしれない……。

いつしか、私は、大学付近の墓場《はかば》に通いつめるようになっていた。納骨堂《のうこつどう》や死体置き場を歩き回って、死体を観察するのが目的だ。死体にわいたウジ虫が、じわじわと死体を食《く》い荒《あ》らしていく様子を、私は、目を輝かせながら観察していた。がっしりとした体つきの男性の死体も、ほっそりとした女性の死体も、必ず腐って、鼻を突《つ》くようなすさまじい臭気《しゅうき》を放つようになる。大量のウジ虫がわいて、肉を蝕《むしば》まれて、白い骨をさらすようになる。それらの過程を、私は一心不乱に観察した。

生命創造の研究に集中できる空間を作るため、墓場付近にある、古いアパートの一室を借りた。大学の研究室内で、こんな研究をしていたら、教授や学生たちに見つかって邪魔《じゃま》をされるに違いない。

私は、常識にも倫理観《りんりかん》にもとらわれず、ひたすら知識を求め続けた。それがどれほど危険《きけん》なことか、このときの私は考えなかったのだ。

――命をこの手で作り出したい!!

ただただ、その欲求だけが、私を突き動かしていた。生まれ落ちた赤《あか》ん坊《ぼう》が、成長すれば歩きだそうとするのと一緒だ。やれるのならば、やらずにはいられない。私はただ、好奇心《こうきしん》に駆《か》り立《た》てられて、死と生の境目《さかいめ》を越《こ》える研究を続けていた。

そんな日々の末、私はとうとう、死んだ肉の塊《かたまり》に「命」を与《あた》える方法を発見した。

「やった……！　やったぞ！」

水槽《すいそう》を満たす特殊《とくしゅ》な液体の中で、肉塊《にくかい》がドクン、ドクンと脈《みゃく》を打っているのを見て、私は大喜びで飛びはねていた。

この肉塊は、私が作り出した人工的な心臓だ。死体置き場を漁《あさ》って、つい最近死んだばかりの新鮮《しんせん》な死体を複数選び、それらから取り出した心臓をつぎはぎして、一つの人工心臓を作り出したのである。命を失っていたはずの肉塊が、私の編み出した方法でふたたび脈を打ち始める光景は、非常に感動的だった。

「あぁ、すばらしい。なんて美しいんだ……。あぁ！」

私は、うっとりしながら水槽の中の人工心臓を見つめていた。

死体の肉を寄せ集めて作った人工心臓を拍動《はくどう》させるなんて、最先端の科学と、古来の錬金術の両方をきわめた私でなければ、絶対にできなかったはずだ。

「こんな奇跡《きせき》は誰も信じないだろうな……！　今すぐにでも、この心臓を学会で発表したいくらいだ」

そうすれば、私の計画を頭ごなしに否定《ひてい》した教授たちも、自身の愚《おろ》かさを恥《は》じるに違いない。そして、誰もがこの私を尊敬《そんけい》するに違いない！

ワクワクしながら水槽の中の人工心臓に見とれていた私だが、ふと冷静になった。

「……いや、待てよ。私はまだ、死んだ人間を、丸ごと蘇《よみがえ》らせたわけではない。人工心臓を完成させただけで喜ぶなんて、気が早すぎる。私の本来の目的は、完全な生命をこの手で生み出すことじゃないか」

この手で命を作り出したいと、私はずっと願っていた。だから、人工心臓は、しょせん研究の途中段階に過ぎない。最終的な目標は、生命──「完全な人間」の創造だ！

そう思い直した私は、さらなる研究を続けた。

「どんなに大変でも、絶対にやりとげてみせるぞ……！　心臓だけではなく、脳《のう》や肺《はい》、血管や骨、神経、筋肉《きんにく》……人体に備わるすべての部分と、その機能を再現しなければ」

私は、自分が神であるかのような気分になっていた。神がアダムとイヴを作ったのと同じように、まったく新しい生命を、この手で送り出すのだ。

「一つひとつの臓器《ぞうき》は、小さく作るより、大きいほうが作業を進めやすいはずだ。気高くて美しい、大柄《おおがら》な人間の男を作ってみよう。身長は2メートル半くらいにして、体重は……」

あれこれと思いをめぐらせるのは楽しく、私は幸福感に満たされていた。私の頭の中では、死と生の境目《さかいめ》など、すでに存在しなかった。

「あぁ……我《わ》が息子よ。もうすぐ完成だ。私はお前に、早く会いたい！」

作りかけの人造人間に、私は優しく語りかけた。そう、もうすぐ会えるのだ。あとは一つひとつの体の組織を、地道に作り上げて、連動させるだけだ。

私が生み出す人造人間は、私を「父」と呼《よ》んで、尊敬《そんけい》してくれるに違いない。「この世に生み出してくれてありがとう」と、感激の涙《なみだ》を流すに違いない。そして私は、その「息子」を学会で発表して、世界中を驚《おどろ》かせるのだ。もちろん、私はただ尊敬されたいだけではない。私の業績は、医学や生理学など、さまざまな分野に発展をもたらすだろう。死体に命を吹き込む方法が明らかになれば、きっと世界中の人々の役に立てる。

私は、そう信じて疑《うたが》わなかった。

一心不乱に、研究だけにすべてを捧《ささ》げる日々。教授や学生とは、いっさいの付き合いを絶ち、ほとんどいつも、アパートの研究室にこもりっぱなしだった。故郷《こきょう》からの手紙になんて、目を通そうとも思わない。ほとんど眠《ねむ》らず、食事もないがしろにしていた。そして、疲《つか》れが極限まで達したときだけ、寮《りょう》に戻《もど》って仮眠《かみん》をとる。今日がちょうど、その休養日だった。

――あぁ、疲れた。少しだけ、寮で休もう。

偉大《いだい》な研究に身を捧げると決意した私だが、人間である以上、不眠不休で働き続けることはできない。それに、ここで私が倒《たお》れたりしたら、今までの研究は水の泡《あわ》だ。計画をやりとげるためにも、体を休ませることは必要なのだ。

だが、寮に戻るときに、知り合いと顔を合わせるのは、不愉快《ふゆかい》だった。知り合いはみんな、私を見るなり、ぎょっとした顔をするからだ。

「お、おい。お前は、フランケンシュタインか……!?　ひどくやつれて、まるで病人じゃあないか！」

「フランケンシュタイン君。最近、まったく大学に来ないが、どうしたんだい？　なにか悩《なや》みでもあるのか？」

無用な心配をされるたび、私は「うるさい、黙《だま》れ」と言い返したくなった。私がやつれているだって？　笑わせるな、私は健康そのものだ。偉大《いだい》な研究に励《はげ》む私は、心身ともに、最高に健康的な状態にある。なのに、なぜ彼らは私を見て、化け物に出会ったような顔をするんだ？　なぜ私の情熱を、誰も理解できないんだ？　愚《おろ》か者《もの》どもめ!!

——だが別に、構わない。私は、私のやるべき仕事を進《すす》めるだけだ。寮《りょう》で睡眠《すいみん》と食事を取ったあと、私はアパートの研究室へと戻《もど》ろうとしていた。早く、人造人間の続きを作りたくてたまらない……頭の中が人造人間のことでいっぱいになっていた、そのとき。

「おーい、ヴィクター！」

やけに懐《なつ》かしい声が、私の耳に飛び込んできた。

この声は……知っている。びくりとしながら、私はふり返った。やはり、彼だ。

笑顔で手を振《ふ》って、こちらに駆《か》け寄《よ》ってきたのは、私の幼なじみであるヘンリー・クラーヴァルだった。

「ヘンリー……！　なぜ君がここに……？」

「僕もこの大学に入学したのさ！　おやじとおふくろを、ようやく説得できたんだ。どうしてもこの大学で最先端の学問を学びたかったから、がんばったよ。いったん大学への進学を保留《ほりゅう》にして、先に働き始めたんだ。そして、自分の学費を自分で稼《かせ》いでから、あらためて説得したのさ」

得意げに、ヘンリーは笑っている。

「お前よりも5年も遅《おそ》くなってしまったが、勉強するのに、年齢《ねんれい》なんて関係ないさ。ようやく、僕も思う存分、勉強ができる！　……ところでヴィクター、お前……」

ヘンリーは心配そうに、私の顔をのぞきこんできた。

「ジュネーブにいたころよりも、ずいぶんやせたな……。ひどい変わりようだが、大学生活はそこまで大変なのか？　おじさんとエリザベスも、お前からぜんぜん手紙が来ないって、さみしがっていたぞ？」

ヘンリーに言われて、ドキリとした。

故郷《こきょう》を離れて、すでに5年。父やエリザベスからの手紙など、もはや目もくれなくなっていた。

「僕も何回か、お前に手紙を書いていたんだぞ？『今度、インゴルシュタット大学に入学するから、よろしくな!』って。でも、返事が全然ないから、心配だったんだ。……大丈《だいじょう》夫《ぶ》か、ヴィクター?」

何気なく、ヘンリーは私の肩《かた》に手を伸《の》ばしてきた。だが私は、彼の手を振り払って、声を張り上げた。

「う、うるさい!」

ヘンリーが、驚《おどろ》いて目を見開いている。

「私は今、偉大《いだい》な研究をしているんだ! 誰にも、邪魔《じゃま》はさせないぞ!」

そう叫《さけ》ぶと、私は逃《に》げ出《だ》すようにヘンリーのもとから走り去った。

「おい、待てよ、ヴィクター! いったいどうしたんだ!?」

うるさい。私は、絶対に立ち止まるものか。あと少しで完成するんだ!

それから私は墓場《はかば》に行って、死体置き場からちょうどいい死体の素材をかき集めた。アパートの研究室に戻《もど》って、それらをつぎはぎしていく。

——あぁ、寮《りょう》になんて、戻るんじゃなかった。ヘンリーになんて会いたくなかった!

ヘンリーの心配そうな表情や、彼の言葉を思い出すたびに、集中力が途切《とぎ》れてしまう。

遠い故郷で手紙の返事を待つ、父やエリザベスの姿《すがた》が目に浮《う》かんだ。5年も会っていないのに、手紙の一つも返してやらないなんて、私はなんて不義理な人間なんだ……。心の中の私が、私のことを責め立ててくる。

「……うるさい。今は、研究だけに集中させてくれ!!」

私は、顔をしかめてつぶやいた。

――一度挑戦《ちょうせん》すると決めたことを、中途半端《ちゅうとはんぱ》な状態で止めるのが、私は大嫌いなんだ。

私の偉大な仕事を邪魔しないでくれ!!

「そうさ。私はべつに、家族をないがしろにしているわけじゃあない。今手がけている仕事が無事に完成したら、そのときは誇《ほこ》りをもって返事を書こう。完成させた『息子』を連れて、堂々とジュネーブに帰ろう。そうすれば、すべてがうまく行くじゃないか!」

自分自身に言い聞かせ、私はさらに研究を続けた。

それからさらに数カ月後――
ザアァァ……
ああ……
ザァ
とうとう、最後の仕上げだ

長かった研究の日々も…
BRAIN 209914
eyes
ようやく
報《むく》われる!
ガコンッ
ああぁ…!
まぶたをあけた!

うっ⁉ き、気持ち悪い…

なんだ
これ……
私は、
どうしてこんな
おそろしいものを…
作り出して
しまったんだ!?
な、何年も
かけて、
必死になって…
つ、作り上げて
きたものが、
これなのか……
美しい顔をした
素晴《すば》らしい人体を
作っていたつもり
だったのに…
これじゃ
まるで…

動く死体だ…！
怪物だ…！
逃げなければ一刻《いっこく》も早く……
こんなおぞましい怪物のそばにいたら…
殺される!!
ガッ

真っ青な顔で、私は自分の寮《りょう》へと駆《か》け込《こ》んだ。

「ヴィクター、どうしたんだ？　そんなにあわてて！」

知り合いたちが、心配そうに私に尋《たず》ねた。その中には、幼なじみのヘンリーもいる。

……だが、私は彼らを無視《むし》して自分の部屋に飛び込んだ。「おそろしい怪物を作ってしまった」なんてこと、彼らには絶対に言えない！

私は自分の部屋にカギをかけて閉じこもり、ベッドの上で毛布をかぶってブルブルとふるえていた。どれほど考えても、何の解決策も思《おも》い浮《う》かばない。歯がガチガチと鳴る音が、やたらとうるさい。

――なんて愚《おろ》かなことをしてしまったんだ、私は!!

あの怪物が追いかけてきたらどうしよう？　私のことを、殺しにきたらどうしよう!?　恐《きょう》怖《ふ》に襲《おそ》われ、頭の中が真っ白になる。

「ヴィクター、カギを開けてくれ。何か困《こま》りごとがあるなら、力になるから。いいかげんに、部屋から出てこいよ！」

ヘンリーたちにどれほど呼びかけられても、私は絶対にカギを開けなかった。何時間も何日も部屋に閉じこもり、何も食べず、恐怖《きょうふ》のあまり奇声《きせい》をあげたり、泣きわめいたり……。最終的には、ヘンリーたちは無理やりカギを壊《こわ》して扉《とびら》を開け、私を部屋から引っ張り出した。精神を病《や》んだと思われた私は、そのまま大学内の病院へと入院させられた。

それ以来、私は病室で寝たきりの日々を過ごした。ヘンリーは毎日のように見舞《みま》いに来て、明るく話しかけてくれていたが、私はいつもおびえていて、会話ができる状態ではなかった。怪物がいつ襲《おそ》ってくるか分からないから、不安でたまらないのだ。

――あぁ！　私は、なぜあんな怪物を作ってしまったのだろう!?

そう思うと、後悔《こうかい》と恐怖で涙《なみだ》が止まらなくなった。生活に変化が生じたのは、入院から1カ月ほど経ったある日のことだった。

「兄さん！　大丈夫《だいじょうぶ》!?」

この日、見舞《みま》いに来たのはエリザベスだった。エリザベスの後に続いて、ヘンリーも病室に入ってきた。

「……兄さん。こんなにやせて……」

変わり果てた私を見て、エリザベスが泣いている。これは夢なのだろうか？　エリザベスが、遠く離れた故郷《こきょう》のジュネーブから、見舞《みま》いに来てくれるなんて……。

「エリザベス……どうして、ここに君が？」

「ヘンリーから連絡をもらって、大急ぎで駆《か》けつけたの。本当はお父さんも来たがっていたけど、長旅はこたえるから……。お父さん、去年ごろから足の具合が悪くて、あまり歩けないのよ。……手紙にも書いていたのだけれど、見てくれた？」

私は、うつむいた。家族の手紙も、友人の心配もないがしろにして、怪物作りに励《はげ》んでいたなんて……私は、なんて愚《おろ》かだったのだろう。

涙《なみだ》をこぼして口をつぐんでいた私を、心配そうにエリザベスが見つめている。

「兄さん、ごめんなさい。責めるつもりじゃなかったの。ともかく私がここに来たのは、兄さんを連れて帰るためよ。父さんが、『休学手続きをとって、ジュネーブに帰ってきなさい』って」

「ジュネーブに………？」

そうつぶやいた私を心配そうに見つめながら、ヘンリーがうなずいている。

「そうだよ、ヴィクター。お前はいったん、ジュネーブに戻《もど》ったほうがいい。しっかり心と体を休めてこい」

それからエリザベスとヘンリーは、私の休学手続きをしてくれた。そして、私は実家に連《つ》れ戻《もど》されたのである。

ジュネーブの実家に帰ってからも、私の心は安まらなかった。寝ても覚めても怪物のことで頭がいっぱいで、毎日のように悪夢を見た。

悪夢の中で、私はいつも怪物に追いかけられていた。暗闇《くらやみ》の中で、泣きながら逃《に》げる私のことを、怪物はおぞましい笑い声をあげて、追いかけてくるのだ。

――来るな、来ないでくれ！　お願いだからどこかに消えてくれ！

私がどれだけ叫《さけ》んでも、悪夢の中の怪物は、私を見逃《みのが》してくれない。醜《みにく》くゆがんだ顔を引きつらせ、残忍《ざんにん》な笑みを浮《う》かべて近づいてくるのだ。

私は必死に、暗闇《くらやみ》の中を走る。どこまで走っても出口はない。私は、許《ゆる》されない過《あやま》ちを犯《おか》してしまったんだ――。

「怪物が……ああ、助けてくれ。許してくれ。私は、私は……あぁ！」

「兄さん、しっかりして！　起きて、兄さん‼」

誰かに抱《だ》きしめられる温かい感触《かんしょく》とともに、私は悪夢から覚めた。

「……また怖《こわ》い夢を見たのね。かわいそうに」

エリザベスは悲しそうな顔をして、私を抱きしめてくれていた。

「……夢？」

目の前の光景を見て、私はようやく安心した。ここは、幼いころから過ごしてきたフランケンシュタイン家の屋敷《やしき》だ。エリザベスとヘンリーに付《つ》き添《そ》われ、私は大学からこの家へと戻《もど》ってきたのだ。私を送《おく》り届《とど》けた後、ヘンリーはふたたび、インゴルシュタット大学に帰っていった。

部屋の中には、エリザベスだけでなく、父の姿《すがた》もある。父は、心配そうに言った。

「目が覚めたかい、ヴィクター。もう心配はいらない。ここはお前の家だ。今は何も考えなくていいから、安心してゆっくりと休みなさい」

「父さん……」

「お前を診断《しんだん》した医師が、『過剰《かじょう》なストレスによる衰弱状態《すいじゃくじょうたい》』だと言っていた。どうやら、研究続きの生活が、お前の心と体に負担《ふたん》をかけていたらしい。ゆっくり休めば、必ず治るさ」

こんなに愚《おろ》かな私のことを、家族は本気で心配してくれている。ありがたさと情けなさで涙《なみだ》が止まらなくなり、私はエリザベスと父にしがみついて泣きじゃくっていた。

父とエリザベスの愛情がなければ、私が生《い》き延《の》びることはできなかったに違いない。ろくに食事もとれず、眠《ねむ》るたびに悪夢にうなされて、弱りきっていた私のことを、家族は見捨てずにいてくれた。私を突《つ》き放《はな》したり、否定《ひてい》したりすることもなく、献身的《けんしんてき》な看病《かんびょう》を続けてくれた。私は本当に、家族に恵まれていた。

1年半にわたる長い療養《りょうよう》生活を経て、私の心身の状態は、少しずつ回復していった。だが、やはり怪物のことを考えると、恐怖《きょうふ》でいっぱいになってしまう。ときおり青ざめてふるえだす私のことを、父もエリザベスも心配していた。

「ヴィクター。なにか悩《なや》みがあるなら、言ってごらん。どんなにささいなことでも、かまわないから」

「兄さんが一人で苦しむのを見ているのは、耐《た》えられないの。私たちも一緒に背負《せお》うから、どんなことでも打ち明けてちょうだい」

父とエリザベスは、そう私に言った。……だから、私はとうとう、怪物のことを打ち明けることにした。

「父さん、エリザベス。聞いてくれ、私は……とんでもない罪《つみ》を犯《おか》してしまった」

「……罪？」

「私は、この手で、おそろしい怪物を作ってしまったんだ!!」

私は、これまでの研究について、包《つつ》みかくさずに説明した。墓場《はかば》に行っては死体を漁《あさ》り、たくさんの死体から、寄《よ》せ集《あつ》めた体の組織をつぎはぎして、一体の巨大な怪物を生み出してしまったのだ……と。

罪悪感《ざいあくかん》と恐怖《きょうふ》に押しつぶされそうになりながらも、私はすべてを話していた。

「落ちつきなさい、ヴィクター。お前は、悪い夢を見ていたんだよ。生命を作るなんてことは、人間にはできやしない」

「でも父さん、私は本当にやってしまったんだ!!　私の研究室を見れば、信じる気になるに違いない！　研究設備もそろっているし、墓場から死体を盗《ぬす》んだ痕跡《こんせき》だってあるはずだ

「……！」

父は、言い聞かせるように、強い声を出した。

「大丈夫《だいじょうぶ》だ、お前の研究は成功していない。たしかに、墓場の死体を使って研究していたかもしれないが、お前は怪物など完成させていない。それはすべて夢だ！」

――夢？

驚《おどろ》きに目を見開いて、私は父を見た。父は、つらそうな顔をしている。

「エリザベスとヘンリーが、休学手続きのときに、いろいろと調べてくれたんだよ。大学の教授やお前の友人たちからも、話を聞いてきてくれた。……お前がここ数年間、墓場の近くのアパートで、研究に励《はげ》んでいたのは事実だ」

隣《となり》にいたエリザベスが、父の言葉の続きを話す。

「とある教授が、私たちに教えてくれたのよ。兄さんが、生命の創造《そうぞう》に挑戦《ちょうせん》したがっていたことを。でも、研究がうまくいかなくて、兄さんは心を病んでしまったらしい……って」

「そんな……」

私は、納得しなかった。

「私は、本当に怪物を完成させてしまったんだ！　怪物が動く姿《すがた》を、自分の目で見た。見間違いなんてありえないし、あれが夢だなんてとても信じられない！　……そうだ、アパートの研究室には、私の研究ノートがあったはずだ。怪物の作り方や、これまでの製作過程、そして、怪物が動き出す直前までのことが、あのノートには書いてある。研究ノートを見れば、父さんたちも信じるはずだ……」

しかし、父は首をふった。

「その『研究ノート』というのは、この中にあるのかい？」

父は、いくつかの木箱をメイドに持ってこさせた。その木箱には、休学前に回収してきた私の持ち物が、全部入っているのだという。私は、すべての木箱を念入《ねんい》りに調べた。大学での実験や講義の際に書きためたノートは数十冊も出てきたが、私が怪物作成の過程で残したはずの、研究ノートだけが見つからない。

「そんな……！　あのノートは、いったいどこに……？」

「ヴィクター。お前は生命創造の研究の半ばで挫折《ざせつ》して、心を病んでしまったんだ。だが、それでいい。そんな研究は一刻も早くやめて、まっとうな人生を生きるんだ」

怪物を作ったのは、本当に夢の中のことだったのか……？　「そんなはずがない」という気持ちと、「夢であってほしい」という願いが、頭の中でごっちゃになった。怪物がいる現実と、いない現実……どちらが真実なのだろう？

「でも、父さん。あの生々しい記憶《きおく》が夢だったとは、どうしても思えないんだ。……だから、せめて自分の目で、確認させてほしい。もう一度、インゴルシュタット大学に戻《もど》りたいんだ。それで、本当にあの怪物が、ただの幻想《げんそう》だと確信できたら……私は、未来へ進むことができる」

自分自身を納得させるため、私は、インゴルシュタット大学に行ってみることにした。1年半の療養《りょうよう》生活で体力は回復しており、今の私なら、長旅にも十分に耐《た》えられる。

はじめ、父は私を心配して、なかなか承知してくれなかった。しかし、最終的には、エリザベスとヘンリーに同伴《どうはん》してもらう形で、インゴルシュタット大学に行くことを許《ゆる》された。

インゴルシュタット大学に到着《とうちゃく》すると、私たちは墓場付近の、あのアパートに向かった。

……私が許されざる研究をしていた、あの因縁《いんねん》の部屋へと。

吐《は》き気《け》がこみ上げて、ふらついていた私を、エリザベスは黙《だま》って支えてくれていた。

ヘンリーが管理人からカギを借りてきて、部屋の扉《とびら》を開けた。私は勇気をふりしぼり、おそるおそる部屋の中へと入る。

「……からっぽだ」

「ああ。ヴィクターが休学するとき、この部屋も片づけておいたからな」

私が研究室として使っていた部屋は、ただの空き部屋になっていた。きれいに片づけられていて、悪夢の痕跡《こんせき》など何もない。実験ノートも、存在しなかった。

「……本当に、すべてが夢だったのか?」

「ええ。兄さんは、悪い夢を見ていただけよ。だから、もう安心して」

喜びと安心感に満たされて、涙《なみだ》が止まらなくなった。ひざに力が入らずに、その場にへたり込んでしまう。そんな私のことを、エリザベスはそっと抱《だ》きしめてくれた。

「大丈夫《だいじょうぶ》、大丈夫よ。私たちはずっと、兄さんを支えるから……何も心配しないでね」

幼《おさな》い子どもをあやすように、エリザベスは私の背中をやさしくなで続けてくれた。そんな彼女に対して、感謝と愛《いと》しさがこみ上げてくる。

「……ありがとう。エリザベス、ヘンリー。ようやく私は、まっとうな人生を生きることが

できるよ」

そして、私は誓《ちか》ったのだ――二度と過《あやま》ちは犯《おか》さないと。人間は、自分の身の丈《たけ》をこえた知識など、求めてはいけないのだ。

つき物が落ちたように、すがすがしい気持ちだった。それから私は、大学の正式な退学手続きを済ませ、エリザベスとともにジュネーブに戻《もど》った。これまでずっと、私を支え続けてくれた、エリザベスと父に恩返《おんがえ》しをしたいと思った。今度は私が、この2人をしあわせにする番なのだ。

「エリザベス。……こんな愚《おろ》かな私だが、結婚してくれないか」

血のつながらない最愛の妹へ、私は愛の告白をした。何度も何度もエリザベスに救われるうちに、私はエリザベスを妹ではなく、妻として大事にしたいと願うようになっていたのだ。亡くなった母も、私とエリザベスの結婚を望んでいたし、父も同じだと態度で分かる。

そして、エリザベス自身も。

エリザベスは頬《ほほ》を赤く染《そ》め、涙を流して笑っていた。

「……喜んで。うれしいわ、ヴィクター」

それは、エリザベスが初めて私の名前を呼《よ》んだ瞬間だった。私とエリザベスの結婚に、父も大喜びだった。

＊＊＊

「こうして私は、エリザベスと結婚することになった。父も、本当に喜んでくれていたよ。今思えば、これが私の人生で、もっともしあわせな時間だった……」

過去を悔《く》いるような表情で、ヴィクター・フランケンシュタインはそう言った。

ベッドの近くに腰《こし》かけてフランケンシュタインの話を聞いていたメアリ・シェリーは、彼の過去に対して、何と言えばいいのか分からなかった。

「……そんなことがあったんですね」

メアリは、正直なところ、まだ、彼の話を完全には信じられずにいる。死体をつぎはぎして生命を作り出すなんて、そんなことが現実にできるとは思えないからだ。

しかし、フランケンシュタインの様子はあまりに深刻《しんこく》そうで、うそをついているようには見えない。彼は両手で顔を覆《おお》って、ガタガタとふるえている。そして、絶望に満ちた声で、話を続けた。

「……だが、私は結婚なんて、してはいけなかったんだ。私の妻になったせいで、エリザベスは……、エリザベスは……」

悲しみに打ちのめされたように、フランケンシュタインは、自分の頭をかきむしった。つらそうなうめき声をもらして、だらだらと涙《なみだ》を流している。彼の様子は、どうみても普通ではない。

メアリは、彼をなだめようとした。

「落ち着いて、フランケンシュタインさん。もう、それ以上、何も話さなくていいから。ともかく今は、休んでください」

そんなメアリに反発するように、フランケンシュタインは表情を険《けわ》しくした。

「君は私の話を、信じていないんだろう？　……まぁ、無理はない。死体から作った怪物の話なんて、おかしな妄想《もうそう》だと思われて当然だ。だが、君だってあいつを一目見れば、きっと平静ではいられなくなる。それくらい、おそろしい怪物なんだ」

息を荒《あら》くして、フランケンシュタインはふるえていた。

「あいつは残忍《ざんにん》でずるがしこくて、とんでもない卑怯者《ひきょうもの》だ。あの怪物はいつも、私を苦しめるためにわざと逃げ続けている。……しかし、本当はこっそりこちらの様子をうかがって、おびえる私をあざ笑っているんだ！　今だって、この付近に潜《ひそ》んで私を観察しているに違いない。……きっとそうだ。奴《やつ》は、奴は……」

彼の体のふるえは、恐怖だけでなく、怒りや憎《にく》しみなどがごちゃ混ぜになった暗い感情によるものらしい。彼は、美しい顔をゆがませて、「怪物め」「復讐《ふくしゅう》してやる」などとつぶやき続けていた。

「あの怪物は、必ず私を見張っている。どこかで必ず、私を殺す機会をうかがっている！　私をもっと苦しませようとして、そしてこの苦しみをできるだけ長引かせようとして、じっと見ているんだ!!」

そう叫《さけ》ぶと、フランケンシュタインは、ベッドから起き上がった。そして、自分の荷袋《にぶくろ》が部屋のすみに置かれているのを見つけると、ふらつきながら荷袋のもとへ歩み寄り、中から猟銃《りょうじゅう》を取り出した。

「おい、いるんだろう!?　出てこい、怪物！」

フランケンシュタインは、銃をかまえて、窓《まど》のほうへ歩いて行った。目を血走らせ、声を張り上げる彼の姿《すがた》は、鬼気迫《ききせま》っていた。

「フランケンシュタインさん、窓の外には誰もいないわ。だから落ち着いて」

フランケンシュタインは、窓の外を用心深く確認してから、疲《つか》れきったようにため息をついた。

「……しかし、今ここにいないからと言って、安心はできない。奴はいつだって、私を不幸に突《つ》き落《お》とすチャンスを、狙《ねら》っているのだから。奴は、私にかりそめの自由を与《あた》え、油断させてから、残酷《ざんこく》な仕打ちをしてくるんだ。……エリザベスと結婚したあとが、まさにそうだった」

青い瞳《ひとみ》に、憎《にく》しみの炎《ほのお》を燃え上がらせて、フランケンシュタインはそう言った。

「あのあと、奴が私にしたことを知ったら、きっと君もわかってくれるはずだ。話の続きを、聞かせよう」

くやしそうに肩《かた》をふるわせ、フランケンシュタインは語り出した。

「6年前、私はエリザベスと結婚式を挙げた。それから新婚旅行でイングランドへと出発した。生まれ変わったような気分だったよ。この先の人生に、どんな幸福が待っているのだろう……そう考えると、実に晴れやかだった。しかし旅行先のイングランドに、あの怪物が現れたんだ」

「イングランドで？」

「ああ。新婚旅行の2日目に、風光明媚《ふうこうめいび》な湖畔《こはん》にたたずむ宿に泊まっていたときのことだ。私は、早朝に目を覚ました。エリザベスはよく眠《ねむ》っていて、起こすのも悪いと思ったから、一人で湖畔の散策《さんさく》に出かけたんだ。しかし……」

ぶるり、とフランケンシュタインは大きな身ぶるいをした。

「誰もいない湖畔を一人で歩いていたら、いきなり背後《はいご》から呼《よ》びかけられた。ふり返ると、そこにいたのは、怪物だった」

つぎはぎだらけの醜《みにく》い顔面。いびつにつなぎ合わされた大きな体。黄色くにごった眼球《がんきゅう》をぎょろりと動かして、怪物はフランケンシュタインを見下ろしていたそうだ。

「やはり怪物は存在したんだ。夢や幻想ではなかった。悲鳴を上げようとした私の口を、怪物は押さえつけた。腐《くさ》った皮膚《ひふ》のにおいが私の鼻をついた瞬間《しゅんかん》、私は自分の死を覚悟《かくご》した。

……だがこのときの怪物は、私を殺そうとはしなかった」

真剣《しんけん》な顔で聞いているメアリに、フランケンシュタインは言った。

「その怪物は、人間の言葉を使って、あれこれと話しかけてきた。醜い顔を憎《にく》しみに染《そ》めて、脅《おど》すような低い声で言ったんだ――『親として、俺への責任を果たせ！』と」

「……親としての責任？　怪物が、そんなことを言ったんですか？　……何だか、意外ですね」

メアリは、けげんな顔をした。怪物というくらいだから、誰かれかまわず襲《おそ》いかかるような、凶暴《きょうぼう》な性格に違いないと思っていたのに。どうやら、その怪物というのは、想像よりずっと知性のある生き物らしい。……まさか言葉を発して、しかも、「親としての責任」などと口にするなんて。

「あの怪物は私に言った――『貴様《きさま》が俺を生み出したのに、なぜ俺をこわがるんだ？　醜い俺を嫌うなら、最初から、作らなければよかっただろ！』と。怪物の目には、憎しみと怒りが、にじみ出ていた」

そして怪物は、フランケンシュタインを、はっきりと脅迫《きょうはく》してきたそうだ。

「怪物は私に、『お前の大切な者たちを守りたければ、俺への責任を果たせ。さもないと、俺が、お前の大切なものを、全部奪《うば》い取《と》ってやる！』と脅《おど》してきた。私は、ひどく混乱したよ。怪物の言う『責任を果たす』とはどういうことか、想像もつかなかった。だから、何を望んでいるのか、質問したんだ」

「……それで、怪物はいったい、何を要求してきたんですか？」

「奴《やつ》は、なかなか答えようとせず、代わりに『まずは、俺の話を聞け』と言いだした。『生まれてからこれまでの、俺のすべてを話してやるから、よく聞け。どんな暮らしをして、どんな気持ちでいたか、教えてやる。そうすれば、俺の望みがお前にも理解できるはずだ』と。

そして怪物は、私に語り始めた……」

フランケンシュタインは、怪物から聞かされた話を、メアリに伝え始めた。

＊＊＊

ヴィクター・フランケンシュタインよ。お前に、俺の話を聞かせてやろう。しっかり聞くがいい。生まれた直後のことは、俺にとってもつらい記憶《きおく》だが、すべてをきちんと伝えてやる。そうすれば、無責任なお前でも、少しくらいは自分の責任を自覚できるかもしれないからな。

俺がこの世に生を受けたのは、2年前の、どしゃぶりの雨の日だった。

目覚めた瞬間《しゅんかん》、ひどく不快な感覚が全身を包《つつ》み込《こ》んだ。ザァザァという雨の音が聞こえ、うすら寒さが肌《はだ》を刺《さ》し、全身がビリビリしびれて、けいれんしていた。左胸《ひだりむね》のあたりでは、なにかが、ドクンドクンと脈《みゃく》を打っているのが分かった。血液が体じゅうをめぐる感覚や、骨や筋肉《きんにく》のきしむ音。いろんな刺激《しげき》が押《お》し寄《よ》せてきて、とても気持ちが悪かった。

重たいまぶたをあけたら、薄暗《うすぐら》い研究室の様子が目に入ってきた。さまざまな装置や器具がところ狭《せま》しと並べられた部屋に、誰かの姿《すがた》があった。金髪に青い目の、きれいな顔立ちをした男だ。……分かるだろう？　それは、お前だ。ヴィクター・フランケンシュタイン。

ところがお前は、俺を見るなりガタガタとふるえ、ぶざまに悲鳴を上げて、研究室から逃《に》げていってしまった。

目覚めたばかりの俺は、しばらくの間、ぼんやりとしていた。

頭や手足には何本ものケーブルがつながれて、そのケーブルの端子《たんし》は、いくつもの奇妙《きみょう》な装置に接続されている。俺が、少し体を動かしてみたら、ケーブルは簡単にはずれた。それから俺は、よろよろと歩き始めた。最初はうまく歩けなかったが、研究室の中をウロウロと歩いているうちに、足の動かし方がわかってきた。

歩き回っていたときに、何かが腕《うで》に引っかかった。大きなポケットのついた、白い服――それはお前たち科学者が、実験中に着る「白衣」というものだったが、生まれたばかりの俺は、そんなことは知らなかった。ただ、それを肩《かた》にかけてみたら、寒さが少し和《やわ》らいだ。俺は白衣を肩にかけたまま、ふらりと実験室から出ていった。

頭の中がぼんやりしていて、このときの俺は、とくに何も考えていなかった。だから、目的もなく、インゴルシュタット付近の森を何時間もさまよい歩いた。どしゃぶりだった雨は、いつの間にかやんでいたが、深夜の真っ暗な森の中はどこか不気味だ。暗闇《くらやみ》の中でも、何となく目が見えたので、俺はずっと歩き続けた――朝日がのぼって、まわりが明るくなってくるまで、ずっとだ。まだ歩くのに慣れていなかったから、一晩中歩き続けたわりには、大した距離《きょり》は移動していなかったと思う。

足の疲《つか》れを感じて、小川のほとりで休むことにした。のどがカサカサして、不快《ふかい》だったから、なんとなく小川の水を手ですくって飲んでみた。のどのかさつきが一瞬で消え失せて、驚いた——これが「のどの渇《かわ》き」なのだと、俺は本能的に理解した。水を飲んだり、歩いたり、生物に必要な動作は、誰かに教えられなくても、自然と身につくものらしい。よくよく考えると、不思議なことだ。

小川の水を飲んだとき、俺はもうひとつ、重大なことに気づいた。それは水面に映った自分の顔の、醜《みにく》さだ。

——なんて不気味な顔なんだ！

自分の顔や体があまりに醜かったので、俺はおそろしくなって、ガタガタとふるえた。

……不思議だとは思わないか？　美しさや醜さの基準なんて、誰からも学んでいないのに、俺は自分を「醜い」と確信したのだ。森で出会った鳥や獣《けもの》も、俺を見るなり、逃《に》げ出《だ》していった。

俺はその後も、一人ぼっちで何日か森をさまよっていた。のどが渇《かわ》いたら川で水を飲み、腹が減ったら木の実を食べる。そんなふうにして生きていたが、あるとき、開《ひら》けた場所に出た。かやぶき屋根の小さな家が、いくつも集まっているのが見える。そこは、人間の住む「村」という場所だった。

――なんだか、うまそうなにおいがする。

そのにおいに引きよせられて、俺は小さな家に近づいた。扉《とびら》は閉まっていたが、軽く押しただけで、その扉は簡単に壊れてしまった。家の中に入ってみたら、中に住んでいた老婆《ろうば》が、真っ青な顔で飛び上がった。

「ぎゃぁあああああああああ！　怪物――！」

このときの俺は、まだ、人間の言葉を理解できなかった。だから、老婆が何を叫《さけ》んでいるのかは分からなかったが、老婆が俺をこわがって逃げ出したことは分かった。今、この家の中には俺しかいない。テーブルの上には、食べかけの食事が残されている。

――なんてうまそうなんだ！

俺は、目を輝かせてテーブルに近寄《ちかよ》った。テーブルの上にあるのは、豆のスープとひとかけらのチーズ、そしてコップ1杯のミルク。そまつな食事だ。しかし、これまで川の水と木の実しか口にしたことがなかった俺にとっては、すばらしいごちそうに思えた。ひとくち食べたら、おいしさが口いっぱいに広がって、とてもしあわせな気分になった。俺がムシャムシャと食事をしていると、やがて、家の外が騒《さわ》がしくなってきた。

——何のさわぎだ？

そう思った次の瞬間《しゅんかん》に、若い男たちが、何人も家の中に飛び込んできた。男たちは緊張《きんちょう》した顔で、俺を見て何かをわめきたてている。

「な、なんだ、この不気味な怪物は!?」

「さっさと、撃《う》ち殺《ころ》せ！」

男たちは全員、金属の筒《つつ》のようなものを持っていた。握《にぎ》る場所が太くなっていて、引き金のついた長い筒だ。男たちはその道具を手早く操作《そうさ》して、筒の先を俺に向けた。その道具が、俺を傷つけるためのものだと知ったのは、次の瞬間だった。

「撃て！」

バンッという爆発音《ばくはつおん》が彼らの筒から発せられ、すさまじいスピードで弾《たま》が俺を目がけて飛び出してきた。俺はとっさに飛びのいたが、いくつかの弾が腕《うで》や腹に当たって、経験したことのない、強烈《きょうれつ》な痛みにおそわれた。

「怪物め！　銃弾《じゅうだん》をくらっても、まだ生きているのか⁉　ふつうなら、一発でしとめられるのに‼」

その後もしつこく攻撃《こうげき》を浴《あ》びせられ、俺は家じゅうを荒《あ》らして逃《に》げまどった末に、窓《まど》から飛びだしていた。

――なんておそろしい奴らなんだ！

俺は、血を流しながら、村から離れていった。

森の奥深《おくふか》くに身をひそめ、俺は、川の水で傷口《きずぐち》についた血を洗い流した。そして、体の中に撃《う》ち込《こ》まれた銃弾《じゅうだん》を、激痛に耐《た》えながら、自分の指で1個ずつ、えぐり出していった。皮膚《ふ》が分厚《ぶあつ》いからか、肉が固いからなのか、銃弾は体の奥《おく》まで入り込むことはなく、浅いところでとどまっていた。どうやら、俺の体はかなり頑丈《がんじょう》らしい。

数日のうちに、体の傷はすべて治った。しかしケガが治っても、心に刻《きざ》みこまれた恐怖心《きょうふしん》は、なくならなかった。俺は人間をおそれ、人間に会わないようにと、森の中をさまよい歩いた。ぼんやりと、「これから、どうしよう」という不安を感じた。自分がどこに行き、どう生きればいいか、まったく思《おも》い浮《う》かばなかったのだ。

俺の体は、飢《う》えや寒さにも、比較的強いらしい。木の実や水があれば飢え死にすることはないし、雨に濡《ぬ》れても白衣を一枚羽《は》織《お》れば耐《た》えることができた。……とはいえ、やはり食べ物が少ないと、ひもじくなるし、冷たい雨はつらい。森の生活がいやになった俺は、森を抜けた先に小屋を見つけて、おそるおそる忍《しの》び込《こ》んだ。

この小屋には人間は住んでおらず、農具を保管するための物置として使われているようだ。物置小屋と壁《かべ》を1枚へだてて、隣《とな》り合《あ》うように、ちっぽけなかやぶき屋根の家が立っている。そちらには、農民が住んでいるらしい。隣の家から、人間の声や物音が壁ごしに聞こえてきた。俺が忍び込んだ物置小屋は、その農民たちの所有物のようだ。

隣の家は小さくて古びているが、こちらの物置小屋は、隣の家よりも、もっとせまくてボロボロだった。屋根が低くて、俺が立ち上がると天井にぶつかってしまいそうだし、すきま風も吹き込んでくる。

——だが、雨がしのげるならば十分だ。

俺はごろりと横になり、ひと安心してため息をついた。とはいえ、油断はできない……いつ隣の家から、農民がこちらに来るか分からないからだ。

いざとなったら、すぐに逃《に》げだせるように用心しつつ、俺はしばらく、この物置小屋に身をひそめることにした。幸運なことに、隣の住民は、めったに物置小屋に来ることはない。こちらに来る気配がしたときだけ、すばやく飛び出て外で身をひそめていれば、バレることはなかった。住民たちが寝静まった深夜に、森へ行って木の実を食べたり、川の水を飲んだりすれば、飢《う》え死《じ》にすることもない。この物置小屋と隣家は、村はずれにあるらしく、他の農民の姿《すがた》を見かけることもなかった。それもまた、俺には好都合だった。

安全な隠《かく》れ家《が》を手に入れて、俺はとてもうれしくなった。そして、気持ちにゆとりが生まれてきた、ある夜——。

隣の家から、ふいに、美しい音色が響《ひび》いてきた。

——なんだ、この音は？

ささやくように優しくて、きよらかな音色に、空気がそっとふるえていた。俺にとっては、楽器の音を聞くなんて、生まれて初めての経験だ。森で聞く小鳥の声より愛らしく、のびやかできれいな音。あまりの美しさに、俺は心を奪《うば》われた。

——なんてきれいな音なんだ！　いったいどうやって、こんな音を出しているんだ？

気になった俺は、隣の様子を見てみたくなった。物置小屋と隣の家をへだてる壁に、小さな穴が開いていることに気づき、穴に目を近づけて、のぞいてみた。

隣の家には、3人の人間がいた。農民らしい若い男女と、小さな女の子だ。家具がほとんどない、殺風景な部屋だった。部屋の真ん中に小さな火があって、その火を囲《かこ》むようにして、3人は床《ゆか》に座《すわ》っている。火の上には鉄の鍋《なべ》が吊《つ》るされて、ほとんど具のないスープが、グツグツと煮えていた。

楽器を弾《ひ》いているのは、若い男だ。指で器用に楽器の弦《げん》をはじき、きれいな音を響《ひび》かせている。とても優しく、どこか物悲しいその音色に、俺はじっと聴き入った。

隣人たちは3人とも、ボロボロの服を着ていて、やせていた。しかし、俺には彼らはとても美しく見えた。どこか気品があって、小さな炎《ほのお》で照り返される3人の姿《すがた》は、幻想的《げんそうてき》だった。

若い男は、楽器を弾きながら、どこか寂《さび》しげな笑顔を浮《う》かべていた。若い女も、泣きたいのを必死にがまんして、無理に笑っているような顔だ。この男女は、ひどく疲《つか》れきった顔を

しているが、小さな女の子だけは、安心しきった表情で楽器の音色に聞き入っていた。

「きれいな音。サフィ、おとうさんのギターを聞くの、すごく好き……」

この時の俺には、女の子が何を言っているのか分からなかったが、この子がしあわせで、あの二人のことが大好きなのだということは伝わってきた。女の子はそのまま、若い女のひざで眠ってしまった。これまで必死に涙をこらえていた男女は、女の子を見て、表情をわずかにやわらげた。男女は、女の子の頭をなでながら、信頼《しんらい》しきった様子でおたがいを見つめている。

そんな3人の姿《すがた》を見て、俺は胸《むね》がいっぱいになった。心の底から感動した。苦しみと安らぎが入りまじった彼らの姿が、とても尊《とうと》いものだと思えた。若い男女が、なぜ泣きそうな顔をしているのかは、俺には分からない。しかし、彼らが小さな女の子を、とても大切にしているのは伝わってきた。

最初の村で出会った、凶暴《きょうぼう》な人間たちのことなんて忘れてしまうくらいに、この3人は魅《み》力的《りょくてき》だった。

その日以来、俺は、隣人《りんじん》たちの生活をこっそり眺《なが》めて暮らすことにした。

人間の生活というのは、ほとんど毎日、同じことをくり返すものらしい。隣人たちは毎日、日の出より早く目を覚ます。女が食事を準備して、3人でそれを食べる。それから、男はどこかに出かけ、女と子どもは、家に残って片づけをする。そのあと、女は忙《いそが》しそうに、なべでリンゴを煮込《にこ》んでジャムにしたり、庭先で干し肉や野菜の漬物《つけもの》を作ったりする。子どもは、女を手伝う日もあるし、カゴをもって一人で外に出かける日もある。出かけた日には、夕方ごろには戻《もど》ってきて、拾ってきた木の実のカゴを女に渡す。木の実の量は、あまり多くないが、それでも女は、うれしそうに笑《わら》って、子どもを出迎《でむか》えていた。そして、日が沈《しず》んだあとで、男がくたくたになって家に戻ってくる。それから3人で食事をとり、眠《ねむ》る。毎日が、そのくり返しだ。

熱心に隣人たちを見ているうちに、重大なことに気がついた。それは、彼らが、言葉で情報や深い感情を伝え合っているらしいということだ。

——人間たちの声は、どうやら、動物の鳴き声とは違うみたいだぞ!?

そう気づいたときの感動は、言葉では言い表せないものだった。動物も鳴き声でなにかを伝え合うときがあるが、人間とはコミュニケーションの深さがまるで違う。人間の言葉は、動物の鳴き声よりもはるかに複雑で、相手を喜ばせたり、涙ぐませたり、状況を伝えるだけでなく、相手の心にも働きかけることができるらしい。

——この3人は、何を伝え合っているんだ？　もっと熱心に聞いてみよう。

彼らの会話はペラペラとすばやく、何をしゃべっているのか、ほとんど聞き取れない。それでも根気強く聞き耳を立てていたら、言葉がだんだんと整理されて、分かるようになってきた。

「スープ」「パン」「薪《まき》」「火」などの言葉が、彼らの会話の中では、くり返し出てくる。

——なるほど。なべの中でグツグツ言っている、あの飲み物は「スープ」というんだな？「パン」も、食べ物の名前だ。「薪」というのは木の棒《ぼう》で、燃やして「火」を起こすためのものなんだな！

一つひとつの言葉と、その意味を覚えていくのは、楽しかった。彼らは「ありがとう」「大切な」「好き」などの言葉も何度も使っていたが、それらは目には見えないものの名前のようで、俺には、まだはっきりとは分からなかった。

隣人たちの名前も覚えた。子どもの名前は「サフィ」で、若い男は「おとうさん」と「フェリックス」という、2種類の名前があるらしい。若い女のほうは、「おかあさん」と「アガサ」の2つだ。3人の名前を覚えたとき、今までよりもさらに、彼らへの親しみが増した。

——こんなにたくさんの言葉をしゃべれるなんて、人間はすごいな。俺も、人間みたいに話してみたい！

こっそりと物置小屋を出た俺は、人間たちに見つからないよう森の奥《おく》に行き、しゃべる練習をした。フェリックスたちが発していた言葉をまねしようと思ったのだが、なかなか難しかった。俺が声を出すと、「うー、あー」という不気味なうめき声しか出ない。フェリックスのように伸《の》びやかな声や、アガサやサフィのような優しい声を、俺も出してみたかった。うまくいかなくても、あきらめずに何日も練習していたら、やがて、なんとかしゃべれるようになってきた。地の底からとどろくような、低くて不気味な声ではあるが、一応は発音できている。

——やったぞ！　がんばれば、俺だってしゃべれるじゃないか。

人間の仲間入りをしたような気分になって、俺は満足しながら物置小屋へと戻《もど》った。

その後も毎日、俺はこの3人を見守り続けた。そして、観察するほどに、俺の胸の中にある一つの疑問《ぎもん》が、どんどんふくれあがっていった。

——どうして、フェリックスとアガサは、悲しそうなんだ？

幼いサフィはいつも明るいが、対照的に、フェリックスとサフィはつらそうな顔をすることが多い。この2人は、サフィと接するときは笑っているが、サフィの見ていないところでは、ひっそりと泣いていた。どうして、フェリックスとアガサは泣くのだろう？

——彼らには住む家があるし、食べ物だってあるじゃないか。それに、彼らは俺のように醜《みにく》くないし、語り合い、気持ちを分かちあう仲間もいる。俺がもっていないものを、すべてもっているのに、どこに泣く理由があるのだろう？

俺には、2人が不幸を感じる理由が、まるで分からなかった。

物置小屋に忍《しの》び込《こ》んでから、すでに数ヵ月。季節は秋から冬へと移り変わろうとしている。そして、冬が近づくにつれ、フェリックスとアガサの顔は、ますます暗くなっていった。

ある日、フェリックスとアガサの、こんな話が聞こえた。

「このままでは、冬を越《こ》せないかもしれないな……」

「そうね……。なんとかして、冬が来る前に、少しでも食料と薪《まき》を増やしておかなくちゃ」

それを聞いて、ようやく俺は理解した。彼らは、とても貧《まず》しいのだ。

――俺は体が丈夫《じょうぶ》だから、空腹や寒さがつらくても、何とか我慢《がまん》できる。……だが、人間は違うらしい。もっとたくさん食べたり、体を温めたりしないと、生きていけないのか。

フェリックスたちがいつも悲しそうだったのは、食べ物や薪が足りず、空腹や寒さに耐《た》えていたからだったのだ。そして、日に日に寒くなっていくというのに、貧しさのあまり、冬を越える準備ができていない。だから、彼らはあんなに暗い顔をしているのだ。

これまで気づかなかったことだが、フェリックスとアガサは食料を節約するために、幼いサフィにだけ食べさせて、自分たちの夕食を抜いている日もあった。

しかし、サフィはそれに気づくと、自分の食べ物を両親にも分けようとする。だから、フェリックスたちはサフィに気づかれないように、具のないスープだけ飲んでごまかしていた。

3人の互《たが》いを思いやる優しさに、俺は心をゆさぶられた。

――どうにかして、フェリックスたちを助けてやらなければ！　俺にしてやれることは、何かないか!?

真剣《しんけん》に考えるうちに、いいアイデアがひらめいた。薪《まき》と食べ物が足りないのなら、俺がこっそり集めてやればいいんだ！

これまで観察してきた中で、俺は、フェリックスの仕事について理解していた。フェリックスは毎日、「地主」という人間が所有する大きな畑に行って、そこで農作業をしている。農作業が終わったら、森に行って斧《おの》をふるい、薪を作る。さすがに、人間の畑に出向いて農作業を手伝ってやるわけにはいかないが、森の木を切って薪を作るくらいのことは、俺にもできるはずだ。

そう考えた俺は、フェリックスの斧を夜中にこっそり持ち出して、森の中へ入った。斧の使い方が分からずに、最初は困《こま》っていたものの、何度も試しているうちに慣れてきた。一度覚えてしまえば、こんな作業は簡単だ。

一晩のうちに大量の薪を作り、ついでに木の実もどっさりと集めておいた。これだけあれば、何カ月かは暮らせるだろう。夜が明ける前に、俺は薪と木の実をフェリックスたちの家の前に積み上げておいた。

それを見つけたときの、フェリックスたちの驚きようと言ったら！

「お、おい……来てくれ、アガサ、サフィ!! これを見ろ!」

仕事に出かけようとしたフェリックスが、家の外に出るなり、大声でそう叫《さけ》んだ。アガサとサフィも外に出て、ぽかんとした顔になっている。

「これはいったい……。誰がこんなことを?」

「地主さまかしら……?」

「いや、そんなはずはない。残念だが、地主さまや他の連中が、私たちにこんな親切にしてくれるとは思えないよ」

「それじゃあ、いったい誰が……」

フェリックスとアガサが話し合っていると、サフィが目を輝かせて言った。

「神さまだよ! きっと神さまが手伝ってくれたんだよ!」

フェリックスたちは、驚いた顔でサフィを見つめた。しばらく考え込んでいたが、誰からの施《ほどこ》し物《もの》なのか、まったく見当がつかなかったようだ。やがて、夫婦は地面にひざをつき、涙《なみだ》を流して空を見上げた。

「……………ああ。神様。お恵みに感謝します」

このときの俺は、まだ「神様」というのが何なのか知らなかった。でも、隣人《りんじん》たちがとてもしあわせそうにしているのを見て、心の底からうれしくなった。

俺の手伝いの甲斐《かい》もあって、この愛すべき隣人たちが冬に飢《う》えることはなかった。彼らが無事に冬を越《こ》し、春を迎《むか》えるのを、俺は物置小屋からこっそりと見守り続けた。

俺の心は、常に彼らとともにあった。隣人たちがしあわせそうにしていると、俺の心は温かくなる。そして、隣人たちが悲しんでいるときは、俺の心もつらくなる。

この3人には、いつも笑顔でいてほしい。……だが実際には、彼らの暮らしはつねに貧しく、フェリックスとアガサは相変わらず、悲しそうにしていることが多かった。

——なぜだ？　フェリックスたちはこんなに働き者で、すばらしい人たちなのに、どうしていつまでも、暮らしが楽にならないんだ？

隣人たちを少しでもしあわせにしてやりたくて、俺は毎日のように、薪《まき》や木の実を家の前に届《とど》けた。彼らはそのたびに「神様」に感謝してうれしそうな顔をするが、根本的な解決にはなっていないらしい。

——俺には、他にできることはないのか？

しかし、なにも思いつかなかった。コソコソ隠《かく》れているから、できることには限界がある。

そして、ふと思ったのだ。もし俺が姿《すがた》を現したら……フェリックスたちは、俺を仲間として迎《むか》えてくれるだろうか？　と。

もしも仲間になれたら、もっともっと、たくさん彼らを助けられる。どんな仕事でも手伝ってやれるし、もし、彼らが誰かにいじわるをされているせいで貧しいのなら、俺が悪い奴をやっつけてやることもできるだろう。

そしてなにより、俺自身が、彼らの仲間に入れてほしいのだ。こっそりのぞき見ているだけでなく、彼らと言葉を交わして、仲よくしてもらいたい。

物置小屋から出て、彼らの前に姿を現してみようか？　……そんなふうに思ったが、やっぱりやめた。

——ダメだ。俺は、こんなにおそろしい見た目なんだから。姿を現したら、絶対にこわがられてしまう。

かつて出会った人間たちに、銃《じゅう》で撃《う》たれたときの痛みが、急によみがえってきた。あの人間たちは、俺をこわがり、ひどく憎《にく》んでいた。

もし、フェリックスたちにまで嫌《きら》われてしまったら、俺の心は傷ついて、立ち直れなくなるだろう。そう思うと、とてもじゃないが、彼らの前に顔を出したいとは思えなかった。

——やっぱり、姿《すがた》を見せるのは、やめておこう。

そう決心した俺は、引き続きこっそりと、フェリックスたちを支えることにした。


日々は、ゆっくりと過ぎていった。春が過ぎ、夏真《ま》っ盛《さか》りのある日、フェリックスが、サフィに言った。

「サフィ。6歳のおたんじょうび、おめでとう。これは、私たちからお前にあげられる、最高のプレゼントだよ」

そう言って、フェリックスは分厚《ぶあつ》い本をサフィに手渡《てわた》した。サフィは、驚《おどろ》いたように目を見開いている。

「これ、本!? すごい……！ サフィ、本なんて、教会の神父さまが持ってるのしか、見たことないよ！ 本って、えらい人だけが持ってるものでしょう？ お父さん、この本、どうしたの？」

サフィの言葉を聞いた俺は、本がとても貴重なものなのだと知った。

興奮《こうふん》しているサフィの隣《となり》で、アガサが優しくほほえんでいる。

「サフィ。お父さんはね、……本当は、とてもえらい人だったのよ。でも、誰にも言ってはいけないの。私たち家族だけのひみつだからね？」

「………分かった」

フェリックスは、サフィの頭をなでながら言った。

「この本は、父さんが子どものころに勉強していた本なんだ。……いろいろあってね、今、本はこの1冊しか持っていない。この本を、お前にあげるよ。この本を使って、お前に文字の読み書きや、世界のしくみについて教えてあげよう。知識は、どんな財産《ざいさん》よりも貴重なものだ。仕事の合間に、少しずつ勉強していこう」

「うん！」

「それじゃあ、さっそく始めるよ」

サフィは目をキラキラさせて、うなずいていた。サフィを見ていた俺も、同じくらい目を輝《かがや》かせていたに違いない。

――文字の読み書きや、世界のこと？　おもしろそうだ……俺も知りたい！

その日から、俺もこっそりと教育を受けた。フェリックスは、貧しいながらも、とても賢《かしこ》い人らしい。本にびっしりと書き込まれている「文字」というものを読み取って、サフィにそれの読み方や書き方を教えていた。俺も壁《かべ》のすき間からのぞき見をして、一緒に学んだ。

どうやら、俺はかなり目がいいらしく、小さな文字でもハッキリ見えた。

自慢《じまん》ではないが、サフィよりも俺のほうが、文字を覚えるのは早かった。

――文字というのは、おもしろいものだ！

もっとたくさん勉強したかったが、フェリックスたちは仕事が忙《いそが》しいので、毎日とはいかなかった。俺はワクワクしながら、勉強の時間を待っていた。学びを重ねるたびに、目の前の世界が広がっていくのを感じて、とてもしあわせな気分になった。

ある日、フェリックスは本を読み聞かせながら、サフィに言った。

「サフィ。文字の読み書きや、社会のしくみを学ぶのは、本当に大切なことなんだ。お前が大きくなったとき、必ず役に立つからね。しっかりと学ぶんだよ」

その本の内容は、6歳のサフィにとって、かなり難しいようだった。それでも、サフィは懸命《けんめい》に聞いていたし、俺も真剣《しんけん》に学んでいた。

フェリックスは、本当にいろいろなことを教えてくれた。世界の名だたる国々が、どのように生まれてどう栄えていったか、あるいはどう滅《ほろ》びたか。宗教のことや、政治のこと。人間社会のしくみや、法律のこと。国王や貴族、平民などの身分階級が存在すること。

……ちなみに、フェリックスは、もともとは平民ではなく、身分の高い貴族だったらしい。貴族と平民が結婚することは許《ゆる》されていないが、貴族のフェリックスは、平民のアガサに恋をしてしまった。だから、フェリックスは貴族の家から逃《に》げ出《だ》して、アガサと一緒に貧しい農民になって、この家に住んでいるらしい。その末に生まれたのが、サフィなのである。

もっとも、この話は、フェリックスたちが直接サフィに話して聞かせたわけではない。サフィが眠《ねむ》った後で、夫婦が話しているのを、俺がぬすみ聞きしていただけだ。

――人間の社会というのは、いろいろと複雑なようだな。

フェリックスたちの話を聞きながら、俺は思った。

人間は、なんだか奇妙《きみょう》な生き物だ。フェリックスとアガサのように、深く愛し合っている男女を、自由に結婚させてやらないなんて、かわいそうじゃないか。身分なんて、何の意味があるのだろう？　ほかにも、分からないことだらけだ。人間たちは、平気で仲間を裏切《うらぎ》ったり、「戦争」という名の殺し合いをしたりするらしいが、どうしてだ？　人間同士で、仲よくすればいいじゃないか。一人ぼっちの俺とは違って、人間には仲間がたくさんいるんだから。

ある日、サフィはフェリックスにたずねた。

「おとうさん。どうして、貧しい人は、たくさんがんばっても、なかなかお金持ちになれないの？」

フェリックスは、くやしい気持ちを飲みくだすような顔をして答えた。

「……とても悲しいことだけれど、私たちの生活は、目に見えない壁《かべ》で、仕切られているときがあるんだ。生まれつきの身分や立場の違いによって、手に入るお金や教育など、さまざまな機会に差が出てしまう。……でも、この壁を乗り越えることだって、できるはずなんだよ。いっしょけんめいに努力して、正しい知識を手に入れて、仲間や家族と力を合わせれば、未来は切りひらけるかもしれない。……だから、がんばるんだよ、サフィ」

サフィは、力強くうなずいていた。サフィはそうかもしれない。……しかし、俺は。俺は、フェリックスの言葉を聞いて、暗闇《くらやみ》につき落とされたような気分になっていた。

――それなら、俺はどうなんだ⁉

人間の社会では、金持ちや身分の高い者が、人々から大切にされ、チャンスに恵まれるらしい。一方で、金も身分もない者は、豊かな生活を手に入れるのが難しく、なかなか貧しさから抜け出せないのだそうだ。俺にはもちろん、お金も身分もない。……それどころか、親も友だちもいない！

サフィには、どんなに貧しくても、愛する家族がいるじゃないか。しかし、俺はそれさえももっていない。俺には、かしこい父親も、優しい母親もいない。人間にも動物にも拒絶《きょぜつ》される俺が努力したところで、切りひらける未来などあるわけがない。自分が何者で、どうして自分のような不気味な物が存在しているのかさえ、分からないのだから。

――俺がもっているのは、醜《みにく》くて頑丈《がんじょう》な体だけだ！　ケガをしてもすぐに治るし、飢《う》えや暑さ寒さにも強い、巨大《きょだい》な体。……こんな生き物を、俺は自分以外に見たことがない。ひどく醜い顔をしていて、人間も動物も、俺を一目見れば、悲鳴を上げて逃《に》げたり、攻撃《こうげき》したりしてくる。こんな俺に、未来などあるはずがない。

自分がどれほど不幸な存在なのか思い知った俺は、絶望していた。こんなに苦しい気持ちになるなら、知識なんかいらなかった。……しかし、一度知ってしまったことは、二度と忘れられそうもない。涙が勝手に目からこぼれてきた。

このままだと、こらえきれずに大声で泣いてしまいそうだったので、俺は、物置小屋からひっそりと出て、森の奥深《おくふか》くへと向かっていった。

「……うぅ。うおぉぉ……」

歩いているうちに、涙《なみだ》とともに声が口からもれていた。

――俺は、一人ぼっちだ！

おそらく、俺の仲間など、一生見つからないのだろう。サフィはいつかしあわせになれるかもしれないが、俺は誰にも愛されず、誰からも助けてもらえず、みんなに嫌われたまま生きなければならない。それがくやしくて、悲しかった。

――いったい、俺は何者なんだ？

俺は、自分のことを知りたくてたまらなくなった。

自分が人間と似《に》た生き物で、しかし「人間ではない醜《みにく》い何か」だということは、自覚している。しかし、姿《すがた》かたちは違っていても、知能や感情は人間と変わりないようにも思えた。

……だったら、俺は何者なんだろう。俺にも、親はいるのだろうか？　もしいるとしたら、今どこにいるんだろう？

薄暗《うすぐら》い森の奥《おく》で、ひざを抱《かか》えて泣きながら、俺は昔の記憶《きおく》を思い出そうとしていた。

一番古い記憶は、研究室の風景だ。狭《せま》い研究室の床《ゆか》には、不気味な装置がいくつも置かれ、壁《かべ》の棚《たな》には、怪《あや》しげな薬品がいっぱい並んでいた。

その研究室の中に、若い男が一人、立っていた。俺を見るなり、悲鳴を上げて逃げ出したあの男は、いったい何者だったのだろう。

そして俺は、ふいに思い出した。研究室から出るときに、寒さをしのぐために白衣を持ち出していたことを。その白衣のポケットには、1冊のノートが入っていた。ポケットの中に入れたままにしていたから、今も、白衣を探せばあのノートがあるはずだ……！

俺は、物置小屋へと戻《もど》った。忍《しの》ばせてあった白衣を取り出すと、やはり、ポケットの中にはノートが入っていた。

――このノートの中に、何か、俺のことが書いてあるかもしれない。

おそるおそる、俺はノートを手にとった。

期待と不安で胸を高鳴らせながら、俺はノートのページをめくっていった。フェリックスのおかげで、ノートに書かれた文字はほとんど問題なく読めた。そして……読み進めるほどに、どんどん絶望が深まっていった。

そのノートには、ヴィクター・フランケンシュタインという男が、俺を作るために行った作業のすべてが記されていた。

――やはり俺は、自然の摂理《せつり》に逆らって生み出された存在なのだ。……研究室にいた、あの男。奴こそが、ヴィクター・フランケンシュタインに違いない。それが、俺を作った人間の名前だ。

ヴィクター・フランケンシュタインは、現代科学では不可能とされる「生命の創造《そうぞう》」に取り組んでいた。自分がいかにすばらしい挑戦《ちょうせん》をしているかを延々《えんえん》と語る、自分に酔《よ》いしれた、愚《おろ》かな男の文章は、見ているだけで不快《ふかい》だった。

ヴィクター・フランケンシュタインが、俺を作り上げる過程を読んでいたら、吐《は》き気《け》がこみあげてきた。

――は、墓場《はかば》から死体を集めて、つぎはぎして俺の体を作っただと!? だから、俺はこんなに醜《みにく》くて、おぞましいのか……。

この事実を知ってしまったとき、俺がどんな気持ちになったか、きっと、誰にも想像できまい。ヴィクター・フランケンシュタインという男の、愚かな好奇心《こうきしん》やら挑戦心《ちょうせんしん》やらを満たすために、俺は作り出されたのだった。……しかし、誰が作ってほしいと頼《たの》んだ? 誰からも嫌《きら》われるような、不気味な怪物《かいぶつ》になんて、俺は生まれたくはなかった!

ヴィクター・フランケンシュタインよ、なぜお前は、俺をこんなに醜い姿《すがた》にしたのだ!?

一人ぼっちのこの俺に、これからどうやって生きていけと言うんだ!

俺は、ヴィクター・フランケンシュタインのことが、心の底から憎《にく》いと思った。どこかに逃《に》げ出《だ》したそいつを、見つけ出して殺してしまいたいくらいに、憎くてたまらない。

だが、憎さ以上に俺の胸を満たしていたのは、さみしさだった。

――誰か、俺のことを受け入れてくれ! こんなに醜い怪物でも、誰か仲間に入れてくれ。こんな俺でも、生きていていいのだと、言ってくれ!!

叫《さけ》び出《だ》したいのを必死でがまんして、物置小屋でひっそりと泣いていた。泣きながら、俺はこんなふうにも思ったのだ。

――もし、俺を受け入れてくれるような、優しい人間がいるとしたら……それは、フェリックスたち以外には、ありえないんじゃないか……？

その後も、空いた時間を見つけては、フェリックスとアガサは、サフィにいろいろなことを教育していた。今日は、人種や民族の違いについての話をしている。

「サフィ。世の中には、肌《はだ》の色や外見などで、相手の価値を決めつけようとする人もいる。だけれど、お前は、そんなことをしてはいけないよ」

サフィは熱心にうなずいていた。アガサも、優しい声でサフィに言った。

「人間の価値は身分や財産ではなく、心の温かさや教養の深さで決まるの。だから、見た目やうわべだけの情報で、相手を決めつけてはダメ。先入観を持たずに、相手をしっかりと見つめることを忘れずにね」

「はーい！」

大切なのは、見た目ではなく、心。……そう語り合うフェリックスたちの声を聴いて、俺の心はパッと明るくなった。

――この家族はきっと、俺を仲間に入れてくれる！

相手が醜《みにく》い怪物でも、フェリックスたちならば、心を見ようとしてくれるはずだ。さすがに、最初はこわがるだろうが、何度か話せば、きっとわかりあえるに違いない。

だから、勇気を出して彼らと接触《せっしょく》しようと決めた。

――とはいえ、顔を出す前に、できる限りの努力はしておかなければ。いくら「人は見た目ではない」と言っても、俺はこんなに醜いんだから。

彼らを少しでもこわがらせないようにと、俺は、笑顔の作り方を練習した。小川の水に顔を映し、何度も何度も、顔の筋肉をゆるめてみる。顔だけでなく、話し方も練習しておくべきだと思った。俺の声は、こんなに低くてガラガラしているが、穏《おだ》やかな口調にすれば、少しは安心してもらえるかもしれない。背筋《せすじ》を伸ばし、身だしなみを整え、少しでも仲よくしたいと思ってもらえるように……。俺はひそかに努力を続け、彼らに会いに行く準備を進めていった。

……しかしそんな日常は、ある日、突然《とつぜん》に終わりを迎《むか》えた。

それは、とある秋の日の、夕方だった。

サフィは、木の実を採るために、一人で森に出かけていた。木の実でいっぱいにしたカゴを抱《かか》えて、鼻歌を歌いながら、川辺の道を歩いている。道のすぐそばを流れる川は、いつもはおだやかに流れているのだが、今日は前夜の豪雨《ごうう》の影響《えいきょう》なのか、激しい音を立てていた。

俺は、こっそりとサフィを見守っていた。これまでも、サフィが森に出かける日には、俺も物置小屋から出て、サフィの様子をうかがってきた。木の実拾いをさりげなく手伝って、サフィの気づきやすいところに木の実を集めておいたり、危険《きけん》な獣《けもの》をあらかじめ追《お》い払《はら》ったりするのが、俺の役割だった。

――今日は、川の流れが激しくて、危《あぶ》なそうだぞ。だが、川に近寄《ちかよ》らなければ平気か。

少し心配しながらも、俺は物陰《ものかげ》からサフィを見つめていた。そのとき。

「きゃあ！」

サフィは、道ばたの石につまずいて転んでしまった。手に持っていたカゴがひっくり返り、ほとんどの木の実がこぼれ落ちる。

「たいへん……！」

サフィはあわてながら、周囲に落ちた木の実を拾い集めていった。木の実はあちらこちらに散らばり、川のすぐそばまで転がってしまったものもある。

――サフィ、これ以上川の近くに行ったら、危ない！　木の実なんて、いくらでも俺がとってきてやるから、今日はあきらめて家に帰るんだ！

そう呼《よ》びかけたかったが、俺はまだ、サフィたちの前に姿《すがた》を現したことがない。だから俺は、ハラハラしながら、木陰《こかげ》でサフィを見守っていた。茶色くにごった川の流れは、ゴウゴウと音を立てている。

サフィも、川の増水には注意を払《はら》っていたようだ。転ばないように用心深く、ゆっくりと踏《ふ》みしめていく。一つ、また一つと木の実を拾って、カゴに集めていたそのとき。

悲劇《ひげき》が起きた。サフィが地面のぬかるみに足をとられ、川に落ちてしまったのだ。悲鳴を上げる間もなく、サフィは激流に飲みこまれてしまった。

サフィー!
すさまじい激流《げきりゅう》だ……
……だが、負けるものか!!
ゴオオッ

俺はサフィを…
助けたいんだ…！

ハア…
ハア…
ハア…
ハア…
よかった、息をしている…!
ハア…
おーいサフィ!
フェリックスとアガサが心配しているはず…!
早くサフィを送《おく》り届《とど》けてやらなければ…!

フェリックスも
アガサも
喜んでくれるに
違いない……!
もしかしたら
サフィを救った
俺に感謝《かんしゃ》して
優しく仲間に迎《むか》え入《い》れて
くれるかもしれない
どこにいるのサフィ!
おーいサフィ!
!
……きゃああああああああ!

この怪物め!!
怪物?
サフィ!!
バッ

私の家族には
指一本
ふれさせないぞ！
ザシュッ
おおお
おおお！

「アガサ！　サフィをつれて早く逃《に》げろ!!　俺がこの怪物を足止めしているうちに、村の人たちを呼んできてくれ！　……早く!!」

——そんな。待ってくれ！　誤解《ごかい》だ……俺は……!!

俺が何かを言おうとしても、フェリックスとアガサは、聞いてくれなかった。フェリックスは死を覚悟《かくご》した表情で俺に挑《いど》みかかってくるし、アガサは泣きながら、サフィを抱《かか》えて村のほうに走って行ってしまった。

——違うんだ。俺は、俺は……！　誰か、俺の話を聞いてくれ！

なんとか話を聞いてほしくて、俺はフェリックスのナイフの柄《つか》をつかんだ。軽くつかんだだけだったのに、ナイフはボキリと折れてしまった。フェリックスが、恐怖《きょうふ》に顔をゆがめている。

しかしそれでも、彼は攻撃《こうげき》をやめようとしなかった。叫《さけ》び声《ごえ》をあげて、こぶしで俺に挑《いど》んでくる。……もし、俺が一発でもなぐり返したら、たぶんフェリックスは、簡単に死んでしまうのだろう。

フェリックスが死ぬことを想像して、ぞっとした。フェリックスが死ねば、たぶんアガサとサフィも生きてはいけない。大切な隣人たちが、悲惨《ひさん》な終わりを迎《むか》える場面を思《おも》い浮《う》かべたら、それ以上何も考えられなくなった。

だから、俺は逃《に》げ出《だ》した。フェリックスをその場に残して、森の奥へと駆《か》け込《こ》んだ。

「……なぜだ!? 俺が何をしたというんだ! ただ、サフィを助けただけじゃないか!」

全力で走りながら、俺は泣《な》き叫《さけ》んでいた。

幼いサフィを助け、優しい父母のもとへと届けて、彼らのしあわせを守れるのなら、俺はそれで満足だった。……できれば、俺に優しい言葉をかけてほしかった。仲間に入れてもらいたかった。ただ、それだけだ。俺は、何か悪いことをしただろうか? 怪物とののしられ、殺されそうになるほどの罪《つみ》を、犯《おか》しただろうか?

——いや。違う。

俺の行動ではなく、俺という存在自体が罪深《つみぶか》いのだと、気がついた。だから彼らは、俺を受け入れてくれなかった。自分の子どもには「人間を、見た目で決めつけてはいけないよ」と教育しておきながら、俺を悪と決めつけて攻撃《こうげき》してきたのは、きっと、俺が人間ではなく、怪物だからだ。

「うぅ……うおぉおぉおお！」

俺は大声で泣き続けた。その声は、オオカミの遠吠《とおぼ》えよりもおそろしく、まさに怪物の叫《さけ》びだった。……こんなに不気味では、誰も仲よくしてくれるわけがない。

「俺の創造主よ……！　ヴィクター・フランケンシュタインよ！　なぜお前は、俺を作ったんだ!?　好奇心《こうきしん》やら知識欲やらで、気まぐれに俺を作って、そして気まぐれに捨てたのか？　そのせいで、俺はこんな地獄《じごく》の日々を送らなければならないのか!?」

……なんてみじめで、悲しい夜だ。星々の輝きが、ぞっとするほど冷たかった。きれいに輝く星々が、醜《みにく》い俺を、あざわらっているように思えた。

森の中の獣《けもの》や鳥が、つがいで駆けまわったり、家族で仲よく鳴きあったりしている。……動物でさえ夫婦や家族がいるというのに、俺は永遠に一人ぼっちだ。

――憎《にく》い。星が憎い。獣が、鳥が、すべてが憎い！

そして何より、俺を作った男が憎かった。俺に感情や知性を与《あた》えておきながら、一人ぼっちで放り出した、卑怯《ひきょう》な男のことが。この俺に、丈夫《じょうぶ》さだけが取《と》り柄《え》の醜い体を与え、絶望と孤独《こどく》を押しつけた、残酷《ざんこく》な男のことが。

「ヴィクター・フランケンシュタイン……お前は今、どこにいるんだ！　俺にこんなに苦しい思いをさせて、お前はどこで、何をしている？」

なんとしても、ヴィクター・フランケンシュタインを、見つけ出さなければならない。無責任な創造主に、責任をとらせたい。具体的には、何をどうやって責任をとらせればいいのか、まったく見当がつかなかったが……それでも、奴《やつ》をつかまえて、この怒りをぶつけてやらなければ、腹の虫がおさまらない！

怒りと憎しみにつき動かされ、俺はヴィクター・フランケンシュタインに会いに行こうと決意した。もっとも、今どこに奴がいるのかは、まったく分からない。しかし、奴が生まれた国や街のことなら知っている。

俺は、自分のズボンのポケットにしまっておいた、1冊のノートを取り出した。これは、ヴィクター・フランケンシュタインが、俺を造るために書いた研究ノートだ。奴は、故郷《こきょう》の場所などのいくつかの情報を、このノートの裏表紙にメモしていた。

「スイスの、ジュネーブ。今いる場所から見ると、北東の方向だな……」

フェリックスから学んだ地理の知識を、俺はしっかりと覚えていた。だから、おおまかな方角や越えるべき山脈の位置などは、だいたい分かる。人間であれば、ここからジュネーブまで歩いて行くことなど、絶対にできないだろう。

……しかし、俺ならばきっと可能だ。何度道に迷い、どんなに時間がかかったとしても、絶対にジュネーブにたどりついてみせる。

「覚悟《かくご》しろ……。必ず、お前に責任をとらせてやるぞ、ヴィクター・フランケンシュタイン！」

こうして、俺はジュネーブへの旅を始めた。

移動中にもし人間に出くわしたら、また怪物呼ばわりされて、大騒《おおさわ》ぎになってしまう……。そう思った俺は、人目につかないように、森や峠《とうげ》など人間のいない場所ばかりを選んで旅を続けた。そして、どうしても街や村を通らなければならないときは、深夜にこっそり移動した。

――人間よりも俺のほうが強いのに、どうして俺がビクビクと、人間をおそれなければならないんだ？

そう思うと、なんだか皮肉だ。

ジュネーブへの旅路は、とても長くて、つらいことの連続だった。旅の始まりは秋だったが、あっという間に冬になった。どの季節でも一人旅は大変なことだらけだが、とくに大変なのが、冬だ。食べ物がなかなか見つからないし、氷点下の気温に耐《た》えながら、歩き続けなければならない。いくら俺が、飢《う》えや寒さに強い体だといっても、やはり空腹や寒さはつらい。雪が降って、川の水が凍《こお》りつき、俺の心まで凍《い》てついていった。

孤独な、地獄《じごく》のような旅だった。フランケンシュタインへの怒りと憎しみだけが、俺の脚を動かしていた。

「……だが、奴に会ったところで、何になるというんだ？」

ふいに、そんな思いがこみ上げて、不安になった。フランケンシュタインに「責任をとらせてやる」とは思ったものの、奴が何をしたら、俺は満足するんだろう。

「もし『俺を美しく作り変えてくれ』と頼んでも、おそらく無理なんだろうな。……美しく作れるものなら、とっくにそうしていたはずだ。それに、俺を作っておきながら、無責任に放置するような男なのだから、『家族として俺を受け入れろ』と言っても、絶対に聞き入れないだろう」

……それなら、俺は何のためにフランケンシュタインを探しているのだろう？

ぽとり、と涙《なみだ》がこぼれた。

さびしい。俺は、さびしいんだ。この涙をぬぐってくれる、仲間がほしい。俺の悲しみに、寄《よ》り添《そ》ってくれる家族がほしい。俺は気づいた……それだけが俺の願いなのだと。

そして、次の瞬間に、ひらめいた。

「……そうだ！　フランケンシュタインに、『俺の仲間を作れ』と頼んでみたらどうだろう!?　奴なら、それができるはずだ。俺を作ったのと同じ手順で、もう一人作ればいいだけなんだから！」

そうすれば、俺は孤独《こどく》に苦しまずにすむ！　最高のアイデアだと思った。

仲間ができる……そう考えただけで、胸がドキドキと高鳴ってきた。作ってもらった仲間が、どんなに醜《みにく》くても、俺は絶対に、その仲間を嫌《きら》わない。俺だって醜いのだ。同じ悲しみを受け入れて、一生その仲間を大切にしよう。

そのひらめきは、俺の心を温めてくれた。うれしくて、踊《おど》り出《だ》したい気分だ。喜びのあまり、温かい涙《なみだ》があふれた。今は、この涙をふいてくれる仲間はいない。……だが、フランケンシュタインに作らせれば、すべてうまくいく。

旅を始めて、およそ1年後。まもなく秋になるというころに、俺はようやく、ジュネーブの街にたどり着いた。夜遅《おそ》くなるまで身をひそめて、人の出入りがなくなってから石畳《いしだたみ》の路地を歩いた。ジュネーブは、石造りの建物が立ち並ぶ美しい街だ。遠くに大聖堂《だいせいどう》の尖塔《せんとう》がそびえ立ち、ガス灯に照らされた景色はとても幻想的《げんそうてき》だった。

おしゃれな家々の窓《まど》から、生活の明かりが漏《も》れている。ふと、通りがかった家の中から住民の声が聞こえた。

「明日が、とても楽しみだな！」

「ええ、そうね！　なんといっても、フランケンシュタインさんの結婚式ですもの。町中で盛大《せいだい》にお祝いしなくちゃ」

——フランケンシュタインだと!?

俺は、窓の外から聞き耳を立てた。中から聞こえた話によると、明日フランケンシュタイン家の息子ヴィクターが、エリザベスという女性と結婚式を挙げるそうだ。フランケンシュタイン家はかなりの大金持ちらしく、街の人々から尊敬《そんけい》されている。結婚式は大聖堂で行われ、街を挙げての盛大なものになるそうだ。

——おのれ、ヴィクター・フランケンシュタイン！　俺がこんなに苦しい思いをしているのに、貴様はみんなに祝福されて、結婚するというのか⁉

くやしくて、体がふるえだしていた。俺に絶望を押しつけておいて、自分だけしあわせになるなんて許《ゆる》せない。俺はフランケンシュタイン家の屋敷《やしき》を見つけて、大きな庭へと忍《しの》び込《こ》んだ。そして、立派な屋敷の窓から、家族に囲《かこ》まれてしあわせそうに笑っている若い男の姿《すがた》を見つけた。家族が、その男を「ヴィクター」と呼ぶのが聞こえた。

「……あの男が、ヴィクター・フランケンシュタインか」

憎《にく》らしい。今すぐ屋敷の中に入り込んで、フランケンシュタインに復讐《ふくしゅう》してやろうか⁉

一瞬《いっしゅん》はそんなことも思ったが、すぐに冷静さを取《と》り戻《もど》した。俺に必要なのは、復讐ではなく、仲間を得ることだ。フランケンシュタインのことは憎いが、それでもあいつには「仕事」をさせなければならない——俺の仲間を作らせるという大事な仕事を。

奴がすんなりと協力するとも思えないから、少し脅《おど》す必要があるかもしれない。それならば、人目につきそうな場所ではなく、奴が一人きりになったときをねらって、接触《せっしょく》したほうがいい。そう考えた俺は、チャンスが来るのを辛抱強《しんぼうづよ》く待った。

「……フランケンシュタインが結婚して妻を得るというのなら、俺にも、妻を持つ権利があるはずだ。そうだ、あいつには、俺の『妻』を作らせることにしよう」

結婚式のあとに、フランケンシュタインはイングランドへの旅行に出かけた。「新婚旅行」というそうで、妻のエリザベスと、2人きりで楽しい旅をするらしい。しあわせそうなフランケンシュタインを見るのは不快でたまらなかったが、それでも俺は耐《た》え続けた。

そして新婚旅行の2日目、とうとうチャンスが訪れた。湖畔《こはん》の村に滞在していたフランケンシュタインは、朝早くに一人で散歩に出かけたのだ。湖畔をのんびり歩いていたフランケンシュタインに、俺は背後《はいご》から声をかけた。

「おい。ヴィクター・フランケンシュタイン」

フランケンシュタインはびくりと身をこわばらせた。石像のようにそのまま数秒停止して、おそるおそる振《ふ》り返《かえ》った。俺を見た瞬間《しゅんかん》、奴の顔に絶望の色が浮《う》かんだ。

「ひっ……」

奴は悲鳴を上げそうになったが、俺は奴の口を手で覆《おお》った。こんなところで悲鳴を出されたら、ほかの人間が来てしまう。それだけは避《さ》けなければならない——俺が今日まで、どれだけの苦労をしてきたと思う？　絶対に、失敗はできない。

真っ青な顔でガタガタとふるえているヴィクター・フランケンシュタインを見て、俺は悲しい気持ちになった。……俺を作った「親」でさえ、こんなにも俺をこわがるのか。

「貴様が俺を生み出したくせに、なぜ俺をこわがるんだ？　醜《みにく》い俺を嫌うなら、最初から作らなければよかっただろう！」

フランケンシュタインは、驚《おどろ》いて目を見開いていた。「怪物」が、人間の言葉で文句を言ってくるだなんて、想像していなかったのだろう。……まったく、どこまで俺を馬鹿《ばか》にしているんだ？

少しばかりこわがらせてやろうと思い、俺は奴の、のどを軽くつかんだ。もちろん、力を込めたりしない。俺の目的はこいつに「妻」を作らせることであり、殺すことではないのだから。

「親として、俺への責任を果たせ！」

死人のような顔色になってガタガタふるえるフランケンシュタインに、俺ははっきりと宣《せん》言《げん》した。

「お前の大切な者たちを守りたければ、俺への責任を果たせ。さもないと、俺が、お前の大切なものを、全部奪《うば》い取《と》ってやる！」

そう言った瞬間に、フランケンシュタインの目の色が変わった。これまではただおびえるだけだったが、「大切な者を奪う」と脅《おど》されたとたんに、ハッとした顔になった。ようやく、俺の話を聞く気になったらしい。

「……責任だと？　お前は、私に何をさせようというんだ」

俺は、こみ上げてくる怒りと憎《にく》しみを押しとどめて、冷静な声で答えた。

「まずは、俺の話を聞け」

いきなり「妻を作れ」と要求しても、奴は聞き入れないかもしれない。だから、これまでの俺の悲惨《ひさん》な生活を聞かせて、きちんと理解させたほうがいいと思った。

「生まれてからこれまでの、俺のすべてを話してやるから、よく聞け。どんな暮らしをして、どんな気持ちでいたかを教えてやる。そうすれば、俺の望みがお前にも理解できるはずだ」

そして、俺はフランケンシュタインに、これまでのことをすべて話したのだ。

＊＊＊

「そして怪物は、すべてを語り終わった後、目を血走らせて私に言ったんだ――『俺の苦しみが理解できただろう？』と。しかし私は混乱しきっていて、何も答えられずにいた」

フランケンシュタインは絶望に打ちひしがれた顔で、メアリに語り続けていた。メアリは困惑《こんわく》しながらも、静かに耳を傾《かたむ》けている。

「怪物は、私の返事を待ってじっとこちらを見つめていた。しかし、私がいつまでも答えないから、とうとう命令してきたんだ。『俺のために、妻を作れ』と」

「……妻？」

問い返すメアリに、フランケンシュタインはうなずいてみせた。

「怪物が命じてきたのは、怪物をもう一体作れということだった。メスの怪物を私に作らせて、自分の妻にしようとしていたんだ。奴は自分の懐《ふところ》から実験ノートを取り出して、私に突《つ》きつけてきた。『このノートに書いてあるのと同じ手順で、妻を作れ。お前ならば簡単だろう？』とな」

「それで……あなたは何と答えたの？」

「絶対にいやだと答えた」

苦しみの表情で、フランケンシュタインは、声を絞《しぼ》り出《だ》す。

「死者の肉や骨を寄《よ》せ集《あつ》めて作った怪物なんて、この世に存在してはいけないんだ。……まして
や、あと1体、作れだなんて。だから、私は奴に言った――『仲間を増やして、そいつと一緒に人類を滅《ほろ》ぼす気なのか？　そんなことは絶対に許《ゆる》さない。私はお前には、協力しない』と。だが……」

ヴィクターは話を続けた。

「怪物は、『人間を滅ぼす気なんてない！　俺はただ、仲間がほしいだけだ！』と訴《うった》えてきた。その声があまりにも切実だったから、一瞬は奴を不憫《ふびん》にも思ったよ。……しかし、やはりそんな危険《きけん》な願いを聞き入れるわけにはいかない。かたくなに断っていると、怪物はしだ

いに怒りをあらわにしてきた」

怪物は、フランケンシュタインを脅迫《きょうはく》してきたそうだ。

「あの怪物は、『俺の願いを聞き入れないなら、お前にも同じ不幸を味わわせてやる』と脅《おど》してきた。『俺を孤独《こどく》なままにしておきながら、お前は美しい妻としあわせになろうというのか。そんなこと、俺が絶対に認めない』。『妻を作らないのなら、報復としてお前の妻を殺してやる』……そう言ってきた」

話を聞いたメアリが青ざめる。

「怪物はとても凶暴《きょうぼう》な目をしていたから、本当に、エリザベスを殺しかねないと思った。……しかし、奴は条件を出してきた」

フランケンシュタインは、いったん言葉を切って深呼吸《しんこきゅう》をした。高ぶる気持ちを、落ち着かせようとしているようだ。

「『もし妻を作ってくれたら、二度とお前を困《こま》らせない。もう二度と、人間の前には姿を現さないと誓《ちか》う』……それが、奴の条件だった」

深く後悔《こうかい》するような顔で、フランケンシュタインはうなだれていた。

「最終的に、私は奴の願いを聞き入れてしまった。無責任に作り出してしまった私には、たしかに、あの怪物への責任がある。もう二度と人間の前に姿《すがた》を現さないというのなら、私の最後の罪として『2体目の化け物』を作るしかないと思った。それに、断ればエリザベスの命が危険《きけん》にさらされるのだから。……しかし、今となってはやはり、その決断は、間違いだったのだと思う」

フランケンシュタインは、くやしそうに唇《くちびる》をかみしめている。続きを語るのが、とてもつらそうだ。

メアリは、辛抱《しんぼう》強《づよ》く彼が口を開くのを待った。……いったい、フランケンシュタインと怪物の間に、何があったのだろう？

「……聞いてくれ、メアリ。愚《おろ》かな私とおぞましい化け物、そして、あわれなエリザベスたちの結末を」

フランケンシュタインは深い呼吸《こきゅう》をしてから、話の続きを始めた。

＊＊＊

私は怪物の要求どおりに、怪物の「妻」を作ることにした。そうしなければ、愛するエリザベスや周囲の人々に、危害《きがい》が及《およ》ぶと思ったからだ。

「……分かった。2体目を作ればいいんだな？」

私がそう言うと、怪物は目をギラギラと輝かせて奇声《きせい》を上げた。どうやら大喜びしているようだが、その姿《すがた》さえ、おぞましい。

「ただし、約束してもらうぞ。私がお前の妻を作ったら、二度と人類の前に姿を現さないでくれ。絶対にだ」

「もちろん、そのつもりだから安心しろ。俺は妻と2人で、人間のいない場所に行くつもりだ」

醜《みにく》い顔をグシャグシャにゆがませて、怪物は笑っていた。ふつうは、笑顔というのは見ていて気持ちのいいものだが、それは人間に限っての話だ。顔面の筋肉を不自然に引きつらせて笑う怪物の顔は、悪だくみをしているようにしか見えない……。

怪物は、ふと何かを思いついたらしく、笑顔を消してにらみつけてきた。

「……おい、フランケンシュタイン。念のために言っておくが、俺をだまそうなんて考えるんじゃないぞ？　もし裏切《うらぎ》ったら、ただじゃおかない。俺はお前がきちんと『仕事』をしているか、毎日見張りに行くからな。お前がどこに行こうとも、監視《かんし》し続けてやる。分かったな？」

「……分かった」

私がそう言うと、怪物は満足した様子でうなずいた。そして木陰《こかげ》にパッと飛び込んで、姿《すがた》を消した。どうやったら、あの巨体であんなにすばやく動けるのだろうか。もし約束を果たせなかったら、生きのびることはできないかもしれない……。

私は絶望的な気持ちで、エリザベスの待つ宿へと戻《もど》った。

「まぁ、ヴィクター!!　今まで、どこへ行っていたの？」

私を見つけて、エリザベスが駆《か》け寄《よ》ってきた。

「朝起きたらあなたの姿が見えなかったから、とても心配していたのよ？」

彼女は安心した表情で近づいてきたが、間近で私を見たとたん、先ほどよりさらに不安そうな顔になった。

「……ヴィクター？　どうしたの、顔が真っ青よ。まるで幽霊《ゆうれい》でも見てきたみたい」

私が出会ったのは、幽霊ではなく怪物だ……。しかも、その怪物と、とんでもない約束までしてしまった。

「何かあったの？　お願いだから、教えてちょうだい。私たち、夫婦でしょう？」

「……エリザベス」

エリザベスの優しい言葉が、私の胸をしめつける。怪物の言いなりになってしまった自分自身への失望と、怪物への恐怖心《きょうふしん》。いろいろな気持ちがごちゃ混ぜになって、私は涙《なみだ》をこぼしていた。

――あぁ、愛しいエリザベス。絶対に君を、あの怪物から守ってみせる！

決意を胸に、私はエリザベスを抱きしめた。彼女を安心させたくて、できるだけ落ち着いた声で私は言った。

「何でもないよ、エリザベス。だが、ひとつだけ『仕事』ができてしまったんだ。新婚旅行が終わって、ジュネーブに帰ったら、私は長い旅に出なければならない。……私でなければ、絶対にできない仕事なんだよ」

新婚旅行からジュネーブに帰った私は、2体目の怪物を作る準備を始めた。

しかし、2体目作りをジュネーブで行うことはできない。死体を集めてつぎはぎするという、あのおそろしい作業を、愛する家族に見せるわけにはいかないからだ。誰にも見られない場所で、ひっそり行わなければならない。

作業に適《てき》した場所は、新婚旅行のときに見つけておいた。そこは、イングランドよりも北の、スコットランドのハイランド地方にある。ハイランド地方は、険《けわ》しい山々や島々が織りなす、荒涼《こうりょう》とした風景が特徴的なところだ。ハイランド地方北部の、オークニー諸島に位置する小さな島を、私は作業場所に選んだ。

——2体目の怪物を完成させるのに、どれくらいの時間がかかるだろうか。

1体目のときは、2年以上の年月が必要だった。今回は二度目だから、前よりも早くできるかもしれないが、それでも1年はかかるだろう。そう思うと、気が重かった。

——材料を用意するのも、大変だぞ。怪物の体を作るための死体を、墓場《はかば》で探さなければならないからな。小さな島の中では、十分な数の死体を見つけることはできないだろうから、何か方法を探さないと。

あのおぞましい作業を、再び行わなければならないと思うと、吐《は》き気《け》がこみ上げてくる。

それに、私が長く不在にすると告《つ》げたときの、父の悲しみようと言ったら……。父の悲しげな表情を見て、私の胸は罪悪感《ざいあくかん》でいっぱいになった。

「長い旅に出るのか？　しかし、ヴィクター……お前は結婚したばかりじゃないか。置いていかれるエリザベスが悲しむとは思わないのか？」

父は、どうにかして、私をジュネーブに引きとめようとしていた。

「父さん、私だって本当は行きたくない。でも、仕事があるんだ」

「誰か、他の者に代わってもらえないのかい？」

「無理なんだよ。この仕事だけは、絶対に私にしかできない……」

エリザベスも、私との別れを悲しんでいた。しかし彼女は、私を責めたり怒ったりせず、優しい目で私を見つめて応援《おうえん》してくれた。

「ヴィクター。……できるだけ早く戻《もど》ってきてね。私はいつでも、あなたのことを思っているから。あなたにしかできない大切なお仕事だというのなら、私は妻として、誇《ほこ》りに思うわ」

涙をこらえるエリザベスを見て、胸《むね》がつぶれそうになった。これから私が取り組むのは、誰かに誇れるような仕事ではない。あやまちで作った化け物を、もう1体作るという、とんでもない仕事なのだ。できることなら、やりたくない。……しかし、怪物から人類を遠ざけ、愛する妻を守るためにも、私はやりとげるしかないのだ。

「エリザベス、父さん、本当にすまない。できるだけ早く終わらせて、この屋敷《やしき》に戻《もど》ってくるから……」

そして私は、後《うし》ろ髪《がみ》を引かれる思いで、目的の島へと出発したのだった。

オークニー諸島にあるその島は、切り立った崖《がけ》に囲まれた寒々しい場所だ。船着き場が1か所あるだけの小さな島で、島民は20人ほどしかいない。土地は荒《あ》れており、島民たちの暮らしは貧《まず》しかった。だから、まともな食料や物資を手に入れるには、船で本土まで行く必要がある。……怪物の材料になる死体も、本土の墓場で探さなければならなかった。それでも、誰にも見られず研究に打ち込めて、もし怪物が追ってきても、愛する家族を巻《ま》き込《こ》む心配がないというだけで、私にとってはこの上ない環境だ。

私は、1軒の空き家を借りて、怪物作りのための研究室にすることにした。その空き家はとてもボロボロで、屋根は壊れかけており、壁《かべ》はしっくいが禿《は》げ落《お》ちていた。私は島民に頼んで屋根や壁《かべ》を修理してもらい、研究用の道具や家具などをそろえた。できあがった研究室は、学生時代、貸しアパートに作った研究室にそっくりだった。

――これで準備が整った。ここなら、一人で研究に集中できる。さぁ、仕事を始めよう。

覚悟《かくご》を決めて怪物作りを始めたものの、なかなか手が進まない。「怪物なんて作りたくない」という本心が、研究の邪魔をする。死体から肉や骨を切り出して採取するのも、採ってきた材料をつぎはぎしていくのも、気持ち悪くてたまらない。自分の手で生命を作り出すことにワクワクしていた学生時代とは、まるで違う。心を殺して、むりやり作業を続けていたら、勝手に涙《なみだ》がこぼれてきた。

――こんなのは、悪魔の所業《しょぎょう》だ。人間がやっていいことではない！

吐き気がひどくて作業が手につかず、何日か寝《ね》こむこともあった。しかし、怪物に見張られているかもしれないと思うと、休んでばかりはいられない。もし怪物が、私がさぼっているのだと勘違《かんちが》いをして、エリザベスに危害《きがい》を加えたら……。

そんな不安にとりつかれるたび、私はこわくてたまらなくなった。家族の無事を確認するために帰省したかったが、もし今、ジュネーブに戻《もど》ったりしたら、怪物はまちがいなく私を裏切《うらぎ》り者《もの》あつかいするだろう。

——新婚旅行のとき以来、怪物は一度も姿《すがた》を現していない。しかしあいつは、「毎日見張りに行く」と言っていた。今も私の見えないところから、私を監視《かんし》しているに違いない。

……だから、あいつの要求通りに、作業を続けるしかなかった。

家族の安否《あんぴ》を知るために、私は何度もジュネーブの屋敷あてに手紙を送った——万が一にも、家族が私のもとを訪ねることがないように、「集中して早く仕事を終わらせるためにも、こちらへは絶対に来ないでほしい」という一文を、毎回欠かさず添《そ》えていた。

そして手紙の返事が届《とど》くたび、私はエリザベスたちの無事を知って胸《むね》をなで下ろした。大学時代に1体目の怪物を作っていたころは、家族の手紙の封《ふう》さえ切らなかったというのに。

私はなんて身勝手な男なのだろうか。

——あのころの私は、家族をないがしろにして、怪物を作り続けていた……。こんなにおそろしい作業を、どうして当時の私はあんなに夢中になって行えたのだろうか？

あの頃の私は、正気ではなかった。今の私の苦しみは、許《ゆる》されないことをした過去の私に対して、神が与《あた》えた罰《ばつ》なのかもしれない。

――しかし、2体目を生み出すことは、さらなる罪にならないか？

答えの出ない問いかけを頭の中で繰《く》り返《かえ》し、頭がおかしくなりかけながら、私は2体目を作り続けていた。死体を採取しに行くとき以外は、ほとんど家から出ず、ひたすらに仕事に打ちこんだ。

2体目を作り始めてから、あっという間に半年が過ぎた。研究室のテーブルに置かれた水《すい》槽《そう》の中で、不気味な肉塊《にくかい》がドクン、ドクンと脈を打っている。これは、私が作り出した、2体目のための人工心臓だ。

1体目の心臓を完成させたときは大喜びしていた私だが、今はただただ、おそろしい。ぐったりと疲《つか》れはて、研究室のイスにもたれて、うつろな目で人工心臓を眺《なが》めていた。

――頭がぼんやりする。もう、何も考えたくない……。

自分の判断力が、ひどくにぶっているのを感じた。

この島に来てから、恐怖《きょうふ》でほとんど眠《ねむ》れていない。ろくな食事もとっていないし、一人ぼっちで毎日毎日、研究だけに励《はげ》んできた。……心も体も限界だ。もう、生きていることさえつらい。

まだ昼過ぎだというのに、しめきった研究室の中は、じめじめして薄暗《うすぐら》かった。空気が重くて、息を吸《す》うだけでも苦しい。

――もう、こんな生活はしたくない。

心の底から、そう思った。

――だったら、もう、怪物作りなんてやめてしまえ！

私の心の中で、誰かが必死にそう叫《さけ》んでいた。……誰の声だ？　いや、考えるまでもない。これは、私自身の心の叫びだ。

――これ以上、罪《つみ》を重ねるのはやめろ！　自分でも、本当は分かっているんだろう!?

「うるさいぞ……だまれ」

自分の心の声への反論が、思わず口からこぼれた。

「私だって、やりたくないんだ！　でも、約束を守らなければ、エリザベスがどんな目に遭《あ》うか分からないんだぞ。やりとげるしかないだろう!?」

そのとき、家の外からコン、コンというノックの音が響《ひび》いた。

――いったい、誰が来たんだ？　ふだんこの家を訪ねてくるのは、週に2、3度、食料を届けてくれる島民くらいだ。しかし、今日はその日ではない。この家に訪問者が来たことなんて、これまで一度もなかった。……それなら、ノックをしたのは誰だ？

――まさか、怪物が来たのか!?

恐怖《きょうふ》のあまり血の気が引いて、私はとっさに「来るな！」と叫《さけ》んだ。しかし、ドアの外から呼びかけてきたのは、怪物ではなく、懐《なつ》かしい人物だった。

「……おーい。ヴィクター。開けてくれないか？」

間違いない。親友、ヘンリー・クラーヴァルの声だ。

「……ヘンリー？」

私は、頭が真っ白になった。

――まさか、ヘンリーがこの島に訪ねてきたのか？　いや、そんなわけがない、ヘンリーは、インゴルシュタット大学にいるはずだ。今のは空耳《そらみみ》か？　それとも、私は夢を見ているのか？

私はテーブルの上に置いてある人工心臓の水槽《すいそう》に、大きな布をかけて隠《かく》した。それから、おそるおそるドアのほうへと向かう。

ドアを開けると、本当にヘンリーが立っていた。ヘンリーは気さくな笑みを浮《う》かべて、優しい瞳《ひとみ》で私を見つめている。

「ヴィクター!!　会いたかったよ」

ヘンリーは、私を抱《だ》きしめてきた。……やっぱり、これは夢なのだろうか。

「ヘンリー……？　本当に、ヘンリーなのか？　だが、君は大学にいるはずじゃ……」

「先月、大学を無事に卒業して、ジュネーブに戻《もど》ったんだ。そうしたら、お前の親父さんが『ヴィクターは旅に出た』と言うから……。居場所を聞いて、会いに来たんだよ」

そう言うと、ヘンリーは部屋の中をのぞきこんできた。

「お前、……まさか、またおかしな研究を始めたのか？　この部屋……お前が昔、墓場《はかば》のそばで借りていたアパートにそっくりじゃないか！」

ヘンリーは、勢いよく部屋に踏《ふ》みこんできた。ここにあるものを見られたくないと思った私は、ヘンリーの腕《うで》を引っ張って、屋根裏《やねうら》部屋に連れていった。

ヘンリーが、心配と怒りが入り混じったような顔をして、私を問《と》い詰《つ》めてくる。

「ヴィクター！　お前はいったい何を考えているんだ⁉　あんなくだらない研究は、二度とやらないんじゃなかったのか？　あの研究のせいで、お前がどれほど苦しんだか、忘れたわけじゃないだろう。ようやく具合がよくなって、エリザベスと結婚して、しあわせになったんじゃなかったのかよ‼」

「これには、複雑な事情があるんだ。私だって本当は、もう、こんな研究はしたくない。しかし……」

「したくないなら、今すぐやめて、ジュネーブに帰ればいいじゃないか！　お前の親父さんやエリザベスが、どれほど心配していると思っているんだ？　結婚してすぐ半年も家をあけるなんて、どう考えてもおかしいぞ？　いい加減《かげん》、家族のしあわせを考えろよ‼」

——家族のしあわせを思えばこそ、こんなところで怪物作りをしているんじゃないか！

そう思った瞬間《しゅんかん》に、目から大量の涙《なみだ》があふれてきた。いきなり泣き出した私を見て、ヘンリーがびっくりしている。

「お、おい、ヴィクター……。大丈夫《だいじょうぶ》か？」

——帰りたい。帰りたい。帰りたい。

私の頭の中は、研究をやめることでいっぱいになっていた。

「……私だって、できることなら、もうやめたい。でも、できないんだ！　この仕事を終わらせる約束を……あいつと、してしまったから」

「あいつって、誰だよ？　お前を苦しめてこんな研究をやらせるなんて、とんでもない悪党《あくとう》じゃないか！」

たしかに、あいつは悪党だ。私をおどして無理やりに、こんなおそろしい研究に再び手を染《そ》めさせたのだから。

「誰と約束したんだ？　僕をそいつに会わせろよ。僕が文句を言ってやる」

「……やめたほうがいい。あいつに関わるのは危険《きけん》だ。だってあいつは、怪物なんだから」

「怪物って？」

このときの私は、極限の精神状態にあった。だから冷静な判断ができず、口からすべり出るままに、ヘンリーに怪物のことを話してしまった。

「私は大学時代に、人工生命を完成させてしまったんだ。とんでもなく醜《みにく》くて、危険な奴なんだ」

「お前、まだそんなことを言ってるのか？　あれは幻覚《げんかく》だったと……」

「違う！　幻覚なんかじゃない！　あの怪物は生まれてすぐに、アパートの研究室から姿《すがた》を消したんだ。しかし、新婚旅行の最中に、私のもとに現れた。そして『仲間がほしいから、今度は俺に妻を作れ』と私に命じてきた。だから、私は約束したんだ。２体目の怪物を作ることを……」

　ヘンリーは、まゆをひそめて聞いていた。おそらく、私の話を信じておらず、私が幻覚に悩《なや》まされているだけだと思っているのだろう。しかし、おびえる私を見て、頭ごなしに否定しようとはしなかった。

「……仮《かり》にその怪物とやらが実在するとして、なぜお前は、そんな約束をしちまったんだ？」

「エリザベスや、みんなを守るためだ！　２体目を作り上げれば、あいつは二度と人間の前に姿を現さないと約束してくれた」

　あきれたように、ヘンリーはため息をついている。

「その約束を、怪物が破ったらどうするんだ？」

「……え？」

「だって、そいつは凶悪《きょうあく》な怪物なんだろ？　だったら、口約束なんて、簡単に破るだろうさ。そして、お前が作った2体目の仲間と一緒に、やりたい放題し始めるに違いない」

ヘンリーの言葉は、私をひどくとまどわせた。

「しかし……あの怪物の話のすじは通っていたし、あいつが孤独《こどく》だというのも、確かに同情の余地はある。だから、2体目を作れば、きっとあいつは満足して、約束を守ってくれるはずだ。2体目と仲よく一緒に、人間のいない場所でひっそり暮らすという約束を……」

「だが、ヴィクター。2体目が、どんな性格になるかは分からないだろう？」

「!?」

そう言われ、私は言葉を失った。

「もし1体目が、約束を守る性格だったとしても、2体目はちがうかもしれないじゃないか。『人間に近寄《ちかよ》らない』と約束したのは、1体目なんだろう？　まだ生まれてない2体目とは、何の約束もしていないんだから」

「……そ、それは」

たしかに、その通りだ。2体目が、邪悪《じゃあく》な性格だったらどうする？　殺人を楽しむような、残忍《ざんにん》な性格だったら？　それに、1体目と2体目が、仲良くなるとは限らない。2体目は、醜《みにく》い自分に絶望するかもしれないし、醜い夫を嫌《いや》がるかもしれない。人間の男を夫にしたいと考えて、人間に危害《きがい》を加える可能性だってある。

「……たしかに、ヘンリーの言う通りだ」

私が小さくうなずくと、ヘンリーは私をなぐさめるように、肩《かた》をぽんとたたいてきた。

「少しは冷静になれたかい？　ともかく、僕は必ず、お前をジュネーブに連れ帰るからな。親父さんやエリザベスにも、お前と一緒に戻《もど》ると約束したんだ。今すぐ荷物をかたづけて、一緒に帰ろう」

「い、今すぐ……？　しかし、それは……」

帰れるものなら、私だってもちろんすぐに帰りたい。しかし、怪物との約束を途中で放棄《ほうき》するのは、あまりにも危険なのだ。どうするべきか分からなくなり、私は困惑《こんわく》した。そんな私を見て、ヘンリーが苦笑している。

「……まぁ、さすがにいきなり『今すぐ帰ろう』と言われても困《こま》るか。それじゃあ今日は、いったん引き下がるよ。だがまた明日も来るからな。お前が帰る気になるまで、何日でも説得しに来るから、そのつもりでいてくれ」

なんて友だち思いな男なのだろうか……！　私が言葉に詰《つ》まっていると、ヘンリーはもう一度私を強く抱きしめてきた。

「今ならまだ、船着き場から船を出してもらえる時間だから、僕はいったん本土に戻るよ。向こうに、宿を取ってあるんだ。じゃあ、また明日な」

そう言って、ヘンリーは私の家から出ていった。

一人ぼっちになったとたん、私を包《つつ》み込《こ》んでいたぬくもりが失われ、不気味な静けさが室内を満たしていった。

静けさに押しつぶされそうになりながら、私はよろよろと、研究室のイスに腰《こし》かけた。そして抜《ぬ》けがらのように、何分も、何十分も、水槽の中の人工心臓をぼんやり見つめて静止していた。いつの間にやら日が暮れて、部屋は真っ暗になっている。

――やはり、２体目を作るのは危険《きけん》だ。

ヘンリーの話を聞いて、「やめるべきだ」という思いがさらに強くなった。２体目の怪物がどんな性格になるのか、私にはまるで予想ができないし、2体目が1体目と仲よくできる保証はない。「妻」にまで嫌《きら》われたら、1体目の怪物は絶望して、人間に襲《おそ》いかかってくるに違いない。

――反対に、もし怪物同士が仲よくなれたとしたら、今度は別の問題が生じる。……つまり、2体の間に、子どもが生まれるかもしれないという問題だ。もしそうなれば、たくさんの怪物がこの地上に生み落とされることになる！

想像したら、吐《は》き気《け》がこみ上げてきた。地上にはびこる、あの怪物の子どもたち。おぞましい怪物の一族は、最初は荒野《こうや》にとどまっているかもしれないが、やがて生活の場を求めて、世界中に散らばってゆくだろう。そのとき、人間はなすすべもなく怪物たちに滅《ほろ》ぼされてしまうのだ。

「あぁ……私は、なんということを……！」

あまりのおそろしさに、体がガタガタとふるえだした。私の愚《おろ》かな行いのせいで、全人類が怪物に滅ぼされてしまうかもしれないなんて……！

私が絶望していた、そのときだった。

「おい、どうした、フランケンシュタイン」

地獄《じごく》の底から響《ひび》くような、低くおそろしい声が後ろから聞こえた。ハッとして振《ふ》り向《む》くと、窓枠《まどわく》に腰《こし》かけている怪物の姿《すがた》が見えた。月明かりを背《せ》にして、にごった瞳《ひとみ》でじっとこちらを見つめている。

「久々に友だちに会って、里心がついたのか？　一人でぶつぶつ言ったり、何時間も水槽《すいそう》を見つめたり、仕事に集中できていないようだな」

「いっ、いつから私を見ていたんだ」

「ずっとさ」

目を三日月のように細めながら、怪物は言った。

「お前がジュネーブを出発し、この島にたどり着き、研究を始めてから今まで、ずっとだ。俺は、毎日お前を見ていた。家族のもとに帰りたかったら、さっさと仕事を完成させろ。お前の友人がよけいなことを言っていたが、絶対に耳を貸すんじゃないぞ！　さぁ、さっさと俺の妻を作れ！」

私はしばらく呆然《ぼうぜん》としていたが、やがて自分のミスに気がついた。

さあ
俺の妻を作れ
なんて邪悪《じゃあく》な笑顔だ……
こんな危険《きけん》な怪物は……

これ以上
増やすわけにはいかない!
フランケンシュタイン!

なぜ、作りかけの命を壊《こわ》した!?
俺との約束を破るつもりか！
だまれ怪物！
私は怪物など
もう二度と作らぬ！

貴《き》イ様《さま》ああ…!
お前も……!
私に復讐《ふくしゅう》するつもりだったろう…
わ…私を殺せ! そうすればお前のような怪物も二度と
この世に生まれなくなる!

う、うう…！
…………うぅぉおお……！
――なぜ怪物は私を殺さないんだ？

フランケンシュタイン…
約束を破ったお前を、俺は絶対に許さない!!
お前にも俺と同じ不幸を……死ぬよりつらい日々を味わうがいい!
俺を裏切《うらぎ》ったことを後悔《こうかい》しながら…
バッ
みじめに生きろ!

「エリザベス……！」

頭に血がのぼっていたせいで、私は大切なことに思《おも》い至《いた》らなかった。怪物は前に言っていたではないか……あの怪物の妻を作らなければ、私の妻が命の危険《きけん》にさらされるのだと。そんな重要なことを忘れるなんて、やはり私は正常な判断力を失っていた。

エリザベスに危険が迫《せま》っていることを理解した私は、最低限の荷物だけを持って家を飛び出した。

――一刻も早く、ジュネーブに帰らなければ！　あの怪物よりも早く戻《もど》って、エリザベスを守らなければ!!

真っ暗な夜の島を、ひたすら走って、漁師の家へと駆《か》けこんだ。

「すみませんが、今すぐ船を出してください！　本土に行きたいんです」

しかし、漁師は嫌そうな顔をして首をふるばかりだ。

「こんな夜に、船を出せって？　それは無理だよ。明日の朝にでも、また来てくれ。そうしたら、船を出してやるから」

私は、漁師の家から追い出され、なすすべもなく立《た》ち尽《つ》くしていた。私がこの島でモタモ夕している間にも、きっと怪物は、泳ぐか小舟を使うかして、海を越《こ》えるにちがいない。あの怪物ならば、ジュネーブまで、あっという間にたどり着くだろう。そして、エリザベスを……。

——くそ！　私はなんて無力なんだ!!

何としてもあの怪物よりも早く戻って、エリザベスを守らなければ！　私はじっとしていられなくなり、船着き場まで走っていった。つないであった小舟に飛び乗り、必死にオールをこいで本土を目指す。

月の明かりだけをたよりにして、夜通しオールをこぎ続けた。何時間、そうしていただろうか。本土の海岸に近づいたのは、朝日が昇《のぼ》ったあとだった。

——何かあったのか？　こんなに朝早くから、ずいぶんたくさんの人が集まっているが……。

近所の住民とおぼしき人々が、海岸に集まってザワザワしていた。みんな一様に、緊迫《きんぱく》した表情になっている。彼らは、小舟で海岸にこぎ着いた私を見て、不審《ふしん》そうに顔をしかめた。

「おい、お前!!　あやしいな、どこから来た？」

たくましい男たちが、いっせいに私を取《と》り囲《かこ》んだ。

「私はヴィクター・フランケンシュタインといいます。急ぎの用事があって、オークニー諸島から来ました」

彼らは私の名前を聞いて、驚いたように目を見開いた。

「……ヴィクター・フランケンシュタインだと？」

「はい。私は、今すぐ故郷のジュネーブに帰らなければならないんです。ですので、そこをどいてください」

「そりゃあ認められねぇな！　お前を、治安判事のカーウィンさんの家まで連れていく」

「治安判事!?　なぜですか？　私を犯罪者《はんざいしゃ》あつかいするのは、やめてください」

「お前が犯罪者かどうかは、カーウィンさんがはっきりさせてくれるだろうさ。昨日の夜、この海岸に、若い男の死体が転がっていたんだ。犯人は、小舟に乗って逃《に》げたそうだ。お前は、どうにもあやしい」

「私が殺人犯だと言いたいんですか？　今到着したばかりの私に、そんなことができるわけがない!!」

「詳《くわ》しい話は、カーウィンさんの家でするんだな。さぁ、さっさと来い！」

私が何を言っても、男たちは聞き入れようとしなかった。

――一刻も早くジュネーブに戻らなければならないのに、こんなところで足止めされるなんて……！

彼らに取り押さえられ、私はカーウィン氏の家まで連れていかれた。治安判事のカーウィン氏は、穏《おだ》やかな老紳士《ろうしんし》だった。

「治安判事さん、私は無実です！　私は夜通し、小舟をこいでいたのですから」

「ヴィクター・フランケンシュタインさんと、おっしゃいましたね？　町の者たちが、あなたに失礼なことをして、申《もう》し訳《わけ》ありませんでした。ふだんは平和な町なので、町の者たちも気が立っているのですよ」

「砂浜に、若い男性の遺体《いたい》があったそうですね。しかし、本当に殺されたものなのですか？　おぼれ死んだだけという可能性は……」

「いいえ、殺人事件なのは、間違いありません。首を絞《し》められたあとが、はっきりと残っていたので。第一発見者の漁師は、『海岸で遺体《いたい》を発見したとき、遠ざかっていく小舟を見た』

と証言しています。……あなたが小舟に乗ってやって来たから、町の者たちは『殺人犯が戻《もど》って来た』と思いこんだのかもしれません」

「しかし、このあたりでは小舟なんて、めずらしくもないでしょう？」

「ええ、あなたのおっしゃるとおりです」

「でしたら、今すぐ私を解放してください！」

「しかし、小舟に乗っていた人物は、海岸に向かって大声で叫《さけ》んでいたそうです――『その男を殺したのは、ヴィクター・フランケンシュタインだ！』と。なぜその人物は、あなたの名前を残していったのでしょうか……？　あなたに来ていただいたのは、そういうわけなのです」

「……私の名前を？」

――何者かが、私に殺人の容疑《ようぎ》を着せようとしているのだろうか。しかしいったい、誰がなぜ……？

とまどう私に向かって、カーウィン氏は静かな声で話し続けた。

「ちなみに、容疑者と思《おぼ》しき小舟の人物は、とても大柄な男性だったようです。小舟を目撃《もくげき》した漁師が『乗っていたのは、人間とは思えないほど大柄な男だった』と証言していましてね。遠すぎて、ぼんやりとしか見えなかったそうですが、『船からはみ出しそうなくらいの巨体《きょたい》だった』と。それほどまでに大柄な男性は、町の住人にはおりません。あなたのお知り合いには、そういった人物はおられますか？」

カーウィン氏にそう言われた瞬間、私の頭の中で、カチリとパズルのピースがはまる音が聞こえた。犯人は人間とは思えないくらい大柄で、しかも私の名前を挙げていたという。それはつまり……。

「治安判事さん……。質問してもいいですか」

青ざめて顔をこわばらせた私を、カーウィン氏は注意深く観察しているようだった。

「殺された男性は、もしかすると、私と同じくらいの年齢ではありませんでしたか？」

「おっしゃるとおりです。あなたと同じ、20代半ばのようでした」

「……！」

まさか、殺されたのは……。ひざがガクガクとふるえて、力が入らなくなった。

「フランケンシュタインさん。何か、心当たりがおありですか？」

私が「遺体を見せてほしい」と言うと、カーウィン氏はすんなりと許可《きょか》してくれた。カーウィン氏に連れられて、遺体安置室へと向かう。

長い廊下《ろうか》の先にある、重たい鉄製の扉《とびら》の向こう。冷たくどんよりした空気の中で、棺《ひつぎ》に横たわっていたのは……。

「ヘンリー⁉」

私は悲鳴を上げていた。殺されたのは、私の親友……ヘンリー・クラーヴァルだったのだ！

「そんな！　あぁ……ヘンリー、ヘンリー‼」

私はすっかり正気を失って、ヘンリーの棺にすがりついて泣《な》き叫《さけ》んでいた。

「うそだ、そんな……なんでお前が……？　私のせいで、お前が……？」

「あなたのお知り合いでしたか」

カーウィン氏が、後ろから声をかけてきた。

「彼を殺した犯人に、心当たりはありませんか」

——私とかかわったせいで、ヘンリーは死んでしまった。すべては、私が引き起こしたことだ。私が、私が……。

「私が……私が、ヘンリーを殺した!!　……ああ、あああ！」

ショックのあまり、私はその場で気を失った──。


私は、ベッドの中で目を覚ました。わらをつめただけの薄汚《うすよご》れたベッドに寝《ね》かされていて、体中がちくちくする。

──ここはどこだ？

周囲を見まわして、私は言葉を失った。……ここは、牢屋《ろうや》だ。鉄格子《てつごうし》で囲まれた頑丈《がんじょう》な牢屋の中に、私は閉じ込められている。

牢屋の外には、カーウィン氏の姿《すがた》があった。

「目を覚まされましたか、フランケンシュタインさん？　すみませんが、あなたを容疑者《ようぎしゃ》として、この留置場《りゅうちじょう》に入れさせていただいています」

カーウィン氏は、あわれむような目で、こちらを見ている。しかし、カーウィン氏の隣《となり》に立っている見張り番は、殺人犯を見るような目つきで、私をにらみつけていた。

「ヘンリーを殺したのは、私ではありません！」

「しかし、あなたは『私が殺した』と叫《さけ》んでいたでしょう。私の立場上、あれは自白と受けとるほかありません。ですが、いろいろとご事情があるようなので、くわしく聞かせてください。もちろん、無実が証明されれば、あなたは自由になれますよ」

そう言うと、カーウィン氏は留置場《りゅうちじょう》から出て行ってしまった。牢屋《ろうや》の中に残された私には、どうしたらいいか分からない。

「ヘンリー……」

冷たくなったヘンリーの姿《すがた》を思い出したら、涙《なみだ》がこみあげてきた。

ヘンリーは、怪物に殺されたのだ。……それはつまり、私が殺したも同然だ。私があの怪物を作らなければ、ヘンリーが死ぬことはなかったのだから。

ヘンリーは、怪物に恨《うら》まれたのだろう。「2体目を作るのはやめて、今すぐジュネーブに帰ろう」と、私を説得したから。

あるいは、私の親友だったから殺されたのかもしれない。一人ぼっちの怪物にとって、私から大切な人たちを奪《うば》い、私を苦しめることが何よりの復讐《ふくしゅう》だ。私に自分と同じ孤独《こどく》を味わわせたくて、私から親友を奪い取ったのだろうか。

「私にかかわりさえしなければ、ヘンリーは……」

くやしさと自分を責める気持ちでいっぱいになり、私はふるえながら涙をこぼし続けた。

それからというもの、私は牢の中で、罪人のような生活を強《し》いられることとなった。

「早くここから出してくれ！　私はジュネーブに帰らないといけないんだ！　私の妻が……エリザベスが殺されてしまう！　あの怪物は、ヘンリーだけでなく、エリザベスのことも殺そうとしているんだ！」

毎日毎日、私は大声で訴《うった》え続けた。カーウィン氏は私の話に耳を傾《かたむ》けてはくれるが、「怪物がヘンリーを殺した」などという荒唐無稽《こうとうむけい》な話を、信じるわけにはいかないらしい。どうやら私のことを、心を病んだ病人とでも思っているようだ。

「あなたの無罪を証明するには、証人を見つけなければなりません。今はまだ、証人を探している段階ですので、あなたを自由にするわけにはいかないのです」

「そんな……！」

「せめて、あなたのご家族あてに手紙を書いてあげましょう。１、２ヵ月もあれば、ジュネーブに届《とど》くはずですよ」

私は、絶望的な気持ちになった。

私が牢《ろう》にいる間に、怪物はジュネーブに着いているにちがいない。ならば、エリザベスはすでに、怪物に殺されているだろう……。

「エリザベス、エリザベス……!! あぁ……」

取《と》り乱《みだ》す私を見た見張り番は、軽蔑《けいべつ》しきった顔で叱《しか》りつけてきた。

「うるさいぞ、人殺しめ!」

「ヘンリーを殺したのは、私じゃない!」

しかし、見張り番は肩《かた》をすくめるばかりで、私の訴《うった》えに耳を貸すことはなかった。


牢屋での生活が3ヵ月ほど続いたころには、私はすっかり生きる希望をなくしていた。夜も眠《ねむ》れず、提供《ていきょう》される食事もほとんどのどを通らない。やつれきった私のもとに、ある日、カーウィン氏がやってきた。

「あなたのご家族と、連絡がつきましたよ」

カーウィン氏の言葉を聞いて、私は青ざめた。

「フランケンシュタインさん？　なぜ、そんなにおびえているのですか？」

「……何も聞きたくないからです」

「聞きたくない？　なぜですか。あなたにとって、とてもよい知らせですよ」

——よい知らせ？

「……私の妻が殺されたという連絡ではないのですか？」

「いいえ、とんでもない！　奥さまは、お元気ですよ。それどころか、あなたに会いに、この留置場《りゅうちじょう》まで来ています」

「え!?」

エリザベスが生きている？　しかも、ここに来ているというのか？　予想外の話を聞いて、私は目を見開いていた。

カーウィン氏は、いたわるような表情で、私にほほえみかけてきた。

「今すぐ、奥さまとの面会のお時間をとりましょう。そのほうが、あなたも安心できるでしょうから」

そして、牢屋《ろうや》の鉄格子《てつごうし》ごしに、私はエリザベスと再会を果たした。

「エリザベス⁉　本当に、エリザベスなのか？　よく無事でいてくれた……！」

エリザベスは、生きていた。

怪物の魔《ま》の手は、まだエリザベスに届《とど》いていなかったのだ！　安心したら力が抜けて、私はその場にしゃがみこんで泣いてしまった。

私の涙《なみだ》は喜びによるものだったが、一方のエリザベスは、悲しげに涙をこぼしていた。

「まぁ……ヴィクター！　なんてひどいことに……」

ほぼ1年ぶりに再会した夫が、牢屋の中にいたのだから、エリザベスが悲しむのも無理はなかった。エリザベスの涙を見た瞬間《しゅんかん》、私の心は申《もう》し訳《わけ》なさでいっぱいになった。

鉄格子ごしに手を握《にぎ》りあう私たち夫婦を見て、カーウィン氏は優しい笑みを浮かべた。

「フランケンシュタインさん。実はもう一つ、よい知らせがあるのですよ。あなたの無実を証明する証人が、とうとう見つかりました」

「……え⁉」

カーウィン氏は、とても公正な人だった。私を殺人犯と決めつけず、無実を証明するために、いろいろと手を尽《つ》くしてくれていたのだ。カーウィン氏は、ヘンリーの遺体《いたい》が発見されたのとほぼ同時刻に、私がオークニー諸島にいたと証言する人物を、見つけてきてくれたのだった。

「ありがとうございます、カーウィンさん！　その証人は、どなたですか？」

「あなたが暮らしていた島の、漁師の男性です。あなたは、その漁師の家を訪ねて『本土に行きたいから船を出してくれ』と頼んだそうですね。ヘンリー・クラーヴァル氏が遺体で発見されたのは、それとほぼ同時刻です。つまり、あなたに犯行は不可能だと証明されたわけです」

「……！」

私は、冷や水を浴《あ》びせられたような気分になった。

――私がまだ島にいたとき、怪物はすでに海を渡って、ヘンリーを絞《し》め殺《ころ》していたのか!?　そんなにも、奴はすばやいのか。怪物が本気を出したら、どんな犯罪も実行できるに違いない。

――それならば、なぜ怪物はエリザベスを殺さなかったんだ？

怪物の考えていることが分からず、おそろしくてたまらなくなった。

無実が証明されたため、私は自由の身となった。ヘンリーを殺した犯人は、不明のままだ。……きっと永遠に、犯人が暴かれることはないだろう。

「あなたが無事に釈放《しゃくほう》されて、本当によかったわ」

エリザベスはそう言って、私をぎゅっと抱きしめてきた。彼女はとても喜んでいたが、表情には暗い影《かげ》が落ちている。ヘンリーの死を、悲しんでいるからだろう。

「さぁ、一緒にジュネーブに帰りましょう。……ヘンリーのことも、ご家族に報告しなければならないわ」

それから私とエリザベスは、ジュネーブを目指して旅を始めた。馬車を乗《の》り継《つ》いでイングランドの港町へ行き、船でフランスへ渡る。そこから先はまた馬車の旅だ。移動の間、私はエリザベスから絶対に離れなかった。怪物が、いつエリザベスを襲《おそ》ってくるか、分からないからだ。

——怪物はなぜ、エリザベスの命を奪《うば》わなかったのだろう？

エリザベスが生きていることは、もちろん、うれしくてたまらない。しかし、怪物が何を考えてエリザベスを殺さずにいるのかと思うと、私は気が気ではなかった。不安でたまらず、まったく心が休まらない。夜になってもほとんど眠《ねむ》れず、眠れても悪夢にうなされて目覚めてしまう。……怪物に殺されたヘンリーの遺体や、これから殺されるかもしれないエリザベスの、あわれな最期を夢に見てしまうのだ。私がうなされながら目を覚ますと、エリザベスはいつも、優しく抱きしめてくれた。

「かわいそうなヴィクター。つらいでしょうけれど、あと少しの辛抱《しんぼう》よ。お屋敷《やしき》に戻《もど》れば、安心して休めるはずだわ。お父さんも私も、あなたの力になるから」

そう言って、エリザベスは私に微笑みかけた。

1カ月を越える長い旅の末、私たちはようやく、ジュネーブに帰り着いた。心労のあまりやせ衰《おとろ》えてしまった私を見て、父は深く悲しんでいた。

「ああ、ヴィクター。こんなにやつれて……かわいそうに」

父も以前と比べると、ずいぶんと老《ふ》け込《こ》んだようだ。髪は白髪《しらが》だらけだし、顔にはシワが増えて、一気に年をとったように見える。……きっと、私のせいだろう。私が父に心配をかけすぎたのだ。

「お前が無事に帰ってきてくれて、本当によかった」

「父さん……すまない。父さんやエリザベスに、迷惑《めいわく》ばかりかけて」

うなだれた私の肩に、父とエリザベスが優しく手を添《そ》える。

「あやまらないでおくれ。お前はとてもつらい思いをしてきたのだから、これ以上、自分を責めてはいけないよ」

「そうよ、ヴィクター。もう何も、苦しまないで。これからは、家族3人でずっと一緒に暮らしましょう」

父とエリザベスの言葉は、ずっと張りつめていた私の心を、少しだけ緩《ゆる》めてくれた。家族の温かさに触れ、ほっとすると同時に、不安がこみ上げてくる。

——怪物は今、どこで何をしているのだろうか……？

孤独《こどく》な怪物は、私に嫉妬《しっと》するだろう。そして、父やエリザベスに危害《きがい》を加えようとするのではないだろうか？　……ヘンリーを、殺したときのように。

そう思うと、屋敷で過ごしているときでさえ、まったく心が休まらなかった。だから、いつ怪物に襲《おそ》われても立ち向かえるように、拳銃《けんじゅう》を用意した。私はいつでもどこでも拳銃を持ち歩いていたから、父やエリザベス、屋敷の使用人たちは、驚《おどろ》いて私を心配していた。

「ヴィクター。拳銃なんて、物騒《ぶっそう》な物を持ち歩くのはやめなさい。ここはお前の家なんだから、もっと気を楽にして、くつろいでいいんだよ」

「しかたないんだ、父さん。いつ、何が起きるか分からないから……」

どうすれば、二人を守り抜くことができるだろうか？　たとえ拳銃があったとしても、怪物が本気で襲いかかってきたら、勝ち目はないのではないだろうか。……そして、私が負ければ、愛する家族はきっと、怪物に殺されてしまう。

——いったい、どうすれば父さんとエリザベスを守れるんだ!?

私は精神的に追いつめられていた。不安は日に日に大きくなり、ある夜、父とエリザベスが散歩に出かけようとするのを見かけた私は、声を荒《あら》くして訴《うった》えた。

「父さん、エリザベス！　屋敷の外は危険《きけん》だから、二度と外には行かないでくれ！」

父もエリザベスも、びっくりして目を見開いていた。

「二度と？　一生家の中で過ごせと言うのかい？」

「そうさ。用事があるときは、自分では外出せず、誰かに頼めばいい。そのほうが、絶対に安全だ！」

目を血走らせて答えた私を、父はあわれむような顔で見つめた。

「ヴィクター……。少し冷静になりなさい。お前のおびえぶりは、ふつうではないよ。いったい、何をこわがっているんだ？」

エリザベスは、悲しげな表情で父に言った。

「お父さん。留置場《りゅうちじょう》を出てからジュネーブに戻《もど》るまでの間も、ヴィクターはずっとこんな感じだったのよ。……どうやら、ヘンリーを殺した犯人に、ねらわれていると思っているみたい」

父が驚《おどろ》いた顔で、私にたずねてきた。

「何だって？　ヴィクター、お前は犯人が誰だか知っているのか!?」

「それは……」

殺人犯の正体を、私はもちろん知っている。ヘンリーを殺したのは、あの怪物だ。

――だが、エリザベスや父には、怪物のことは言うべきではない。言っても信じてもらえないかもしれないし、仮《かり》に信じてくれたとしても、恐怖《きょうふ》で心を病んでしまうにちがいない。不用意に怪物のことを話すのは、百害あって一利なしだ。

私が黙《だま》りこんでいると、父が優しく声をかけてきた。

「お前の悩《なや》みを、くわしく話してくれないか。何もおびえることはない。お前が何を知っていたとしても、私は絶対に、お前を責めたりしないから」

「父さん……」

エリザベスも、気づかうように微笑みかけてきた。

「そうね、お父さんとゆっくりお話しするといいわ。話せば、気持ちが軽くなるはずよ。ヴィクターもきっと、お父さんになら相談できるでしょう？」

そう言って、エリザベスは部屋から出ていこうとした。彼女の美しい顔には、少しさびしそうな表情が浮《う》かんでいる。

「エリザベス……」

ジュネーブに帰る旅の途中、エリザベスは私に何度か、「どうしておびえているの？　事情を聞かせてちょうだい」と頼んできた。だが、そのたびに私が断ったので、エリザベスはショックを受けていたようだった。もしかすると、「事情を打ち明けてもらえないのは、妻として信頼されていないからだ」と、誤解《ごかい》しているのかもしれない……。

「ヴィクター。お父さん。それじゃあ、おやすみなさい」

そう言って、エリザベスは部屋から出ていった。

2人きりになった部屋で、父は私に微笑みかけてきた。

「久しぶりに、親子でゆっくり話そうじゃないか。お前とヘンリーの身に、いったい何があったんだ?」

「それは……」

父は答えをせかさずに、辛抱強《しんぼうづよ》く私の返事を待っていてくれた。だが、私には、何も答えることはできない。答えに詰《つ》まって、うつむいてしまう。

長い長い沈黙《ちんもく》が、重たい空気になって部屋を満たしていった。

しかし、その沈黙は唐突《とうとつ》に破られた。

「きゃああああああああああああああ!」

絹《きぬ》を裂《さ》くような悲鳴が、屋敷の中に響《ひび》き渡《わた》ったのだ。それはエリザベスの悲鳴だった。私はバネではじかれたように部屋から飛び出すと、悲鳴が聞こえたほうへと駆《か》けた。悲鳴がしたのは、エリザベスの寝室《しんしつ》のようだ。

——エリザベス、エリザベス！

彼女に何が起きたのか？……考えられる答えは、一つしかない。残忍《ざんにん》な怪物の姿《すがた》を思《おも》い浮《う》かべた瞬間《しゅんかん》に、心臓《しんぞう》が凍《こお》りついた気がした。

——間に合ってくれ。どうか、間に合ってくれ！

私は拳銃《けんじゅう》を握《にぎ》りしめ、エリザベスの寝室へと飛び込んだ。

「エリザベス……？」

……………………頭の中が、真っ白になった。

エリザベスが、死んでいる。

「……エリ、ザベス」

ベッドの上に、彼女はあおむけに倒《たお》れていた。ぴくりとも動かず、美しい顔を恐怖《きょうふ》で凍らせたまま、目を見開いて死んでいる。ほっそりとした彼女の首には、絞《し》められたあとがくっきりと残っていた。

「あぁ…………あああ！」

死にたい……と、私は思った。死んでいるのがエリザベスではなく、自分自身ならよかったのに。私はその場に、ヘナヘナと座り込んでいた。かつて怪物に言われた言葉が、頭の中によみがえる。

——俺の願いを聞き入れないなら、お前にも同じ不幸を味わわせてやる。

——妻を作ってくれないのなら、報復としてお前の妻を殺してやる。

だから怪物は、エリザベスを殺したのだ。何の罪《つみ》もないエリザベスを、私を苦しませるという目的のためだけに。

絶望に打ちのめされて、私はエリザベスの遺体《いたい》を見つめていた。そのときふと、寝室の窓《まど》が目に入った。

開いた窓の外側から、誰かがこちらをのぞき見ている。吹き込む夜風にひらひらと動くカーテンの奥《おく》で、見《み》え隠《かく》れしているのは、ひどく醜《みにく》い顔だった。にごった黄色い目を三日月のように細くして、そいつは、気味の悪い笑みを浮かべている。

——怪物だ。

この世で最も醜くて、もっとも邪悪《じゃあく》な化け物が、そこにいた。

「よぅ、フランケンシュタイン。大事な妻を失った気分はどうだ？　屋敷の中なら安全だとでも、思ったか？」

ニタニタと笑って、怪物はエリザベスの遺体を指さしていた。

「本当は、いつだって殺せたのさ。タイミングをうかがっていたんだ。うれしいぞ、フランケンシュタイン。お前のそういう顔が、見たくてたまらなかったんだ!!」

「よくもエリザベスを!!」

私は拳銃《けんじゅう》の銃口《じゅうこう》を怪物に向けて、引き金を引いた。銃口から火花が噴《ふ》いて、ぱん、と乾《かわ》いた銃声が響《ひび》く。だが怪物は、銃弾《じゅうだん》をよけて窓《まど》から飛びのいた。私が窓辺に駆《か》け寄《よ》ったときには、怪物はすでに走り出していた。

「ははははは、今日はなんて愉快《ゆかい》な夜なんだ！　こんなに楽しいのは、生まれて初めてかもしれない！　フランケンシュタインよ、俺が憎《にく》いか？　憎ければ、俺を殺すがいい。ひ弱なお前に、やれるものならな！」

「おのれ……怪物！」

狙《ねら》いを定めて再び発砲《はっぽう》したが、怪物には当たらなかった。怪物は、楽しそうに大笑いしている。

「俺だって、お前が憎くてたまらないんだ。まだまだ復讐《ふくしゅう》し足りないぞ、もっともっと、苦しむ顔を見せてくれ！　さあ、追いかけて来い、フランケンシュタイン。俺とお前の、愉快《ゆかい》な復讐劇の始まりだ‼」

そう言うと、怪物はたちまち夜の闇《やみ》に姿《すがた》をくらませてしまった。

「待て！」

怪物は姿を消し、残されたのは私とかわいそうなエリザベスの亡骸《なきがら》だけ。そのとき……。

「ヴィクター、何があったんだ⁉　さっきの悲鳴と銃声《じゅうせい》は……」

父がよろよろと杖《つえ》をつきながら、部屋に入ってきた。変わり果てたエリザベスの姿に、悲鳴を上げる。

「ひっ、……そ、そんな……エリザベス……！」

父はそのまま倒れてしまった。私はとっさに父を抱《だ》き起《お》こしたが、頭の中は真っ白で、何も考えられなくなっていた。いつの間にやら、使用人たちも部屋に駆《か》けつけ、大騒《おおさわ》ぎになっている。

「大変だ、奥さまと大だんなさまが‼」

「すぐに警備隊《けいびたい》を呼ばなければ！」

「お医者さまが先だ‼　早くしないと……」

使用人たちのわめき声も、私の耳にはほとんど入らなかった。私は抜けがらのようになって、父を抱《かか》えたまま、ぼうっとしていた。

こうして怪物は、私から親友と妻を奪《うば》った。

だが、絶望はこれで終わらなかった……次に訪れた不幸は、父の死だった。

父は、怪物に襲《おそ》われたのではない。エリザベスの死にショックを受けて、生きる希望をなくした父は、心を病んでしまった。食事ものどを通らなくなり、日に日にやせ衰《おとろ》えていく父。私は必死で看病《かんびょう》したが、どんな言葉をかけても、父の気力を取《と》り戻《もど》させることはできなかった。そしてエリザベスが殺されてから１ヵ月もしないうちに、後を追うようにして父も亡くなった。

……怪物は、宣言《せんげん》通りにすべてを奪《うば》い、私を一人ぼっちにした。

むなしさ。悲しさ。怒り。憎《にく》しみ。それらが胸に押《お》し寄《よ》せて、他の感情は私の中には残らなかった。もはや私の生きる意義は、あの怪物への復讐《ふくしゅう》だけだ。

——怪物め、どこにいる!? どこへ逃《に》げようとも、必ずお前を殺してやる！

怪物を見つけ出し、息の根を止めなければならない——それは友人と家族の仇《かたき》をとるためでもあるし、自分がしでかした過《あやま》ちの責任をとるためでもあった。だから私は、復讐の旅に出ることにした。

手始めに、フランケンシュタイン家の屋敷《やしき》を売《う》り払《はら》い、使用人にも暇《ひま》を出して、全財産を旅の資金とした。私は、ジュネーブを永遠に去ることにした。愛する者のいない故郷に、これ以上とどまる意味はない。

「この旅の終わりは、あの怪物か、私か、どちらかが息絶えるときだ。片方が生きている限り、この戦いは終わらない」

そして私は、怪物を追って旅を始めた——。

＊＊＊

「……これで、全部さ。私と怪物をめぐる、忌《い》まわしい過去の物語は」

ノルウェー北部の民家の一室で、メアリにこれまでのいきさつを話して聞かせていたヴィクター・フランケンシュタインは、窓《まど》の外へと目をやった。幸福な子ども時代に始まって、人工生命の創造という野望に駆《か》られた青年時代、そして怪物がもたらした悲劇のすべてを語り終え、疲《つか》れはてた様子で、長いため息をついた。

「私がジュネーブを去ったのは、すでに6年も前のことだ。それ以来、あの怪物を追いかけて世界中を渡り歩いている」

「6年も!?」

メアリが驚いて問い返すと、フランケンシュタインは深くうなずいてみせた。彼の目には、復讐《ふくしゅう》の炎《ほのお》が燃えている。復讐だけが彼の生きる意味なのだということが、メアリにもひしひしと伝わってきた。最初は、疑い半分に「怪物」の話を聞いていたが、すべてを知った今では、信じざるを得なかった。彼の表情や語り口から、今まで聞いてきたおそろしい話が、真実だと納得できる。

メアリは、顔をこわばらせてたずねた。

「世界中って……。フランケンシュタインさんは、これまでどこを旅してきたんですか？」

「本当に、世界中さ。怪物は、最初のうちはスイス国内を逃《に》げ回《まわ》っていた。やっと追いついて対決を挑《いど》んだものの、逃げられてしまってね。残された手がかりを頼りに、ローヌ川を下ってフランスへ行った。フランスで追いつくことはできず、その次は地中海へ。港で『怪物と思しき者が、黒海行きの船に乗りこんでいた』という情報を聞きつけて、私は黒海に向かった。そのあとも、船を乗《の》り継《つ》いだり、馬を走らせたりして、さまざまな場所へ行ったよ。アメリカやロシアの荒野《こうや》もめぐったし、アフリカの砂漠《さばく》をさまよったこともある。これまで、何度死にそうになったか分からない。私は命がけで追いかけているというのに、怪物はというと、追いかけっこを楽しんでいるかのようだった」

「……追いかけっこを、楽しむ？」

「そうとも。あの怪物は行く先々で、わざと手がかりを残していくんだ。雪原に足あとを残したり、あえて人々の目につくところを通ったり、声を聞かせたりね。木の幹や岩に、私あてのメッセージを刻《きざ》んでいったときもある。『フランケンシュタインよ。地獄《じごく》の果てまでついてこい。もっと苦しめ、俺を憎め！』……そんなメッセージが書かれていた。私を怒らせて、楽しんでいるのだろう」

怪物は、手がかりを残して追いかけさせては、つかまる一歩手前のところで、いつも逃げ去っていくという。

フランケンシュタインは、くやしそうに歯ぎしりをした。

「しかも、私が道を見失ったり、飢《う》え死《じ》にしそうになったりすると、怪物はわざと姿《すがた》を見せるんだ。そして地図を置いて行ったり、食べ物を残していったりする。もてあそばれているようで、本当に腹立たしいよ」

「地図や食べ物をくれるんですか？　なんだか少し意外です。あなたを生かしたいのか殺したいのか、よく分かりませんね。どうして、そんな行動をとるのかしら……？」

「できるだけ長く追いかけさせて、苦しみを長引かせようとしているんだろう。奴は、私が死ぬことも許《ゆる》さないらしい。その証拠《しょうこ》に、先日、奴が置いて行った食べ物には、こんなメモがついていた――『これを食べて、飢《う》えをしのげ。こんなくだらない場所で死なれたら、俺の復讐《ふくしゅう》が中途半端《ちゅうとはんぱ》に終わってしまうからな！　生きのびて、もっともっと、地獄《じごく》を味わえ』

と。……本当にふざけている。私は絶対に、怪物に負けたりしない」

怒りに顔をゆがめながら、フランケンシュタインは荷袋を手に取った。猟銃《りょうじゅう》や拳銃《けんじゅう》、銃弾《じゅうだん》やナイフなどを荷袋から取り出して、メアリに見せていく。

「何度か交戦して分かったことだが、あの怪物の体は本当に頑丈《がんじょう》で、ふつうの武器が通用しないんだ。だから、奴を殺すために、特別な武器をいくつも作った。たとえば、この銃弾だ」

フランケンシュタインの手のひらに乗っているのは、銀色に輝く円錐型《えんすいがた》の銃弾だった。一般的な銃弾は黒くて丸い形をしているが、彼の銃弾は色も形も異なっている。

「変わった弾ですね。それに、サイズもふつうより大きいみたい」

「特別製だからね。即死《そくし》させるのは難しいかもしれないが、何発か撃《う》ちこめば、たとえあの怪物でも、生きのびることはできないはずだ。私の猟銃や拳銃は改造して連射式にしてあるし、この銃弾を使用できるように調整ずみだ」

フランケンシュタインは、怪物への殺意に瞳《ひとみ》をぎらぎらと輝かせている。

「私は怪物を追って、４ヵ月前にノルウェーに来た。南東部の大都市クリスチャニアに到着し、怪物の手がかりをたどりながら、リレハンメルへ。その後も馬車や馬を使って、奴に導《みちび》かれるままに北へ、北へと向かっていった。……どうやらあの怪物は、北極へ行こうとしているらしい」

「北極へ!?」

メアリは、声を裏返《うらがえ》らせた。

「どうして北極なんですか!?　怪物は何を考えているんです？」

北極は、メアリが長年、目指し続けてきた場所だ。それがまさか、フランケンシュタインたちの戦いの舞台になろうとしているなんて……。

「怪物の考えなんて、私には分からない。しかし、奴が北極を目指しているのは間違いない。怪物は木の幹に、こんなメッセージを書き残していたんだ――『そろそろ、追いかけっこを終わりにしよう。最後の場所は北極だ。氷に閉ざされた死の世界は、復讐の地にふさわしい。寒さなど、俺にはたいした問題ではないが、お前は生き抜くことができるかな？』。

実際に、怪物はノルウェー国内をどんどん北上している。北端の海岸までたどり着いたら、北極に渡る気なのだと思う」

「そんなの、無茶よ……」

北極は、人間が気軽に行ける場所ではない。これまで何人もの探検家や研究者たちが、準備万端で北極に挑《いど》み、それでも失敗してきたのだから。

「北極は、一人で行くような場所じゃありません。もし怪物が行けるとしても、フランケンシュタインさんには、無理です。あなたは、人間なんですから」

「分かっているさ。それでも、行かなければならないんだ」

「死んでしまいますよ!?」

メアリは声を荒《あら》くしたが、フランケンシュタインは聞き入れようとしなかった。

「怪物を倒せるのなら、私は死んでもかまわない。……むしろ、奴を倒した後で、私は死によって自分の罪《つみ》を償《つぐな》うつもりだ」

「そんな……」

フランケンシュタインの声は、切実だった。

「復讐心《ふくしゅうしん》だけが、私を突き動かしている。……しかし、正直を言うと、体の限界が近づいているのを自覚しているんだよ。以前の私なら、犬ぞりでの移動中に転ぶなんていうミスは、絶対にしなかっただろうからね……」

「そんな衰弱《すいじゃく》した状態で怪物と戦っても、勝てないのでは……？」という疑問がメアリの胸にわきあがったが、口には出さなかった。

——彼にとって、大切なのは「勝てるかどうか」じゃないんだわ。自分が生きている限り、怪物を追いかけて、戦いを挑《いど》まなければならないと思っているのね。

フランケンシュタインは、生きることを望んでいない。だから、メアリがどれほど説得しても、絶対に耳を貸してくれないのだろう。メアリが悲しい気持ちでフランケンシュタインを見ていると、彼は、かすかに笑みを浮《う》かべてメアリを見つめ返してきた。

「メアリ。君に命を救われて、助かったよ。復讐もできずに森の中で凍《こご》え死《じ》ぬなんて、そんなみっともない最期は、許《ゆる》されないからね……。私が死ぬのは、きちんと怪物を倒して、自分の責任を果たしたあとだ」

どう言葉を返すべきか、メアリには分からなかった。

——フランケンシュタインさんの悩《なや》みを聞いて、生きることに前向きになってほしいと思っていたけれど……。わたしでは、力にはなれないのね。

彼の背負《せお》っている過去は、あまりにも重い。好奇心《こうきしん》のおもむくままに、無責任に怪物を作り出してしまった罪《つみ》。その結果としてもたらされた、さまざまな悲劇《ひげき》。フランケンシュタインは大切なものをすべて失って、深い悲しみの中にいる。そんな彼を、かわいそうだとメアリは思った。

しかし同時に、メアリはもう一人の「人物」のことも、かわいそうだと感じている。

――怪物の気持ちを思うと、やりきれないわ……。

話を聞けば聞くほどに、想像もつかないほどの孤独の中にいる怪物に同情する気持ちが、メアリの胸にこみあげてきた。勝手に作り出されたあげく、周囲に嫌《きら》われ、怖《こわ》がられて、誰からも優しくしてもらえないなんて。しかも、「妻を作る」という約束も、途中で破られてしまったのだ。怪物は、絶望したに違いない。

――もし、わたしが怪物の立場だったら、きっと、同じようにフランケンシュタインさんを憎《にく》んだはずだわ。もちろん、復讐《ふくしゅう》のために彼の家族や親友を殺したのは、許《ゆる》されることではないけれど……。

フランケンシュタインと怪物は、どちらも被害者で、加害者なのだ。互《たが》いに深く憎みあって、互いに復讐しようとしている。

――いったい、どうしたらいいのかしら。

どうしたら、この状況を解決できるだろう。いくら考えても、メアリにはいいアイデアが浮かばなかった。メアリが暗い顔で考え込んでいると、フランケンシュタインが声をかけてきた。

「君はこれから、ヴァードーの町に向かうと言っていたね。馬で移動しているのかい？」

「ええ、そうです」

「それなら私も、君の馬に一緒に乗せてくれないか」

「え？　あなたを一緒に？」

フランケンシュタインは、申《もう》し訳《わけ》なさそうな顔でうなずいている。

「私の犬ぞりは、壊《こわ》れてしまったんだろう？　それなら修理を依頼するより、君の馬に乗せてもらったほうが早い。一刻も早く怪物を追いたいし、恥《は》ずかしい話だが、旅を続ける資金もあまり残っていないんだ。北極での装備や食料に全財産を投じるつもりだから、他のことにはできるだけ金をかけたくない」

――そんな限界の状態で北極に行くなんて、どう考えても無茶よ！

メアリは断ろうと思った。しかし、彼の熱意を思い出し、考え直した。

――もし私が断っても、フランケンシュタインさんは、絶対に北極に向かうでしょうね。無理をして、また行《い》き倒《だお》れになってしまうかもしれないわ。

そう思うと、むげに断ることもできない。一緒に連れて行っても、断ってここで別れても、フランケンシュタインは絶対にあきらめないのだろう。彼は、死をおそれていないのだから。

しばらく考え込んだ末に、メアリは苦い顔をして、うなずいた。

「しかたありませんね。分かりました」

彼と一緒に行くのが正しい決断なのか、メアリには分からなかった。しかし……。

「フランケンシュタインさん、ヴァードーの町まで連れて行ってあげます。でもその前に、体力を回復させなくちゃいけませんよ。何日か、ここでしっかり休んでもらいますから」

メアリはそう言うと、フランケンシュタインをベッドに寝《ね》かせた。彼は今すぐにでも出発したそうな顔をしているが、メアリは有無を言わさず休ませた。メアリは責任感が強くて、おせっかいなところがあるのだ。

しばらくして、眠《ねむ》りについたフランケンシュタインが寝息を立てるのを見つめて、メアリは小さくため息をついた。

――本当に、困《こま》ったわ。わたしは、どうするべきなのかしら。

メアリは静かに立ち上がった。部屋のすみに置いてある、自分の旅行カバンから日記帳を取り出す。いつものように日記を書いて、自分の気持ちや考えを整理しようと思ったのだ。

机《つくえ》の上にインク壺《つぼ》と羽ペンを用意してから、メアリは日記を書き始めた――。

＝　＝　＝

天国のおじいさまへ

17××年　4月11日
ノルウェー北部のとある村にて

おじいさま……。今日の日記は、冷静に書ける自信がありません。驚《おどろ》くことの連続で、わたしはとても混乱しています。昨日助けた男性――ヴィクター・フランケンシュタインさんが聞かせてくれた話が、あまりに突拍子《とっぴょうし》もない話だったからです。

おじいさまだって、「死体をつなぎ合わせて怪物を作った」なんて話を聞かされたら、どう反応すべきか困《こま》ってしまうでしょう？　しかもその怪物が、彼の家族や友人を殺したなんて……。わたしは最初のうちは半信半疑《はんしんはんぎ》で聞いていましたが、じっくりと話を聞いているうちに、真実だと信じざるを得なくなりました。フランケンシュタインさんは命がけで、怪物に復讐《ふくしゅう》しようとしています。彼と怪物は互《たが》いに深く憎《にく》しみ合《あ》っているので、分かり合うことなど、とうてい望めません。

そして、彼の話を聞けば聞くほどに、わたしの胸《むね》には、怪物をあわれむ気持ちが生まれてきました。フランケンシュタインさんにとって、怪物は愛《いと》しい人たちの命を奪《うば》った、残酷《ざんこく》な化け物に違いありません。しかし一方で、怪物の立場からすると、残酷なのはむしろフランケンシュタインさんなのかもしれません。

フランケンシュタインさんに頼まれて、わたしは彼を、ヴァードーの町まで連れていくことにしました。しかし、その先どうなるかは、まったく分かりません。復讐の旅を続けようとする彼を止めることなど、できそうもありません。

……ねえ、おじいさま。わたしは、どうしたらいいの？

＝　＝　＝

そこまで書いて、メアリは日記帳に走らせていた羽ペンをぴたりと止めた。

「……ふぅ。結論なんて、やっぱり出ないわ」

メアリはまゆを寄《よ》せて、天井を仰《あお》ぎながら続きの文章を考える。ずいぶん長いこと迷《まよ》っていたが、ようやくメアリは再び羽ペンにインクを補充《ほじゅう》した。

＝　＝　＝

フランケンシュタインさんはわたしに「北極探検をやめろ」と言いましたが、わたしは耳を貸すつもりはありません。わたしの人生は、彼の問題とは切り離して考えるべきです。

それと同様に、わたしが「復讐をやめろ」と言っても、彼は絶対に耳を貸さないでしょう。彼の人生に、わたしが口を出す権利はないからです。

……でも。

フランケンシュタインさんを、このまま放っておくことはできません。だから、しばらく彼を見守るつもりです。そしてもし、彼に何らかの心境の変化があれば、そのときは力になってあげたいと思います。

おじいさま。自分がどうするのが正しいのか、自分に何ができるのか、わたしにはさっぱり分からないの。

だから今は、自分が「そうしたい」と思うことをします。

あなたを敬愛する孫　メアリ・シェリーより

＝　＝　＝

「……よし」

決意を込めて、メアリは日記帳を閉じた。ベッドでは、フランケンシュタインがすやすやと寝息を立てている。

――きっと今まで何年も、ろくに休みもせずに、怪物を追いかけてきたのでしょうね。せめて一時でも、彼がゆっくり休めますように。そんな願いを込めて、メアリはフランケンシュタインをじっと見つめていた。……だから、気づかなかった。

窓《まど》の外から、黄色くにごった怪物の目が、部屋の中をのぞきこんでいたことに。

＊＊＊

――ヴィクター・フランケンシュタインめ。こんなところで、のんびりと休んでいたのか！

俺は憎《にく》しみに肩《かた》をふるわせながら、部屋の中をのぞき見ていた。暖《あたた》かそうな部屋の中、ふかふかのベッドで、フランケンシュタインが寝息を立てている。見知らぬ若い女が、フランケンシュタインを看病《かんびょう》していた。お下げ髪の、かわいらしい顔立ちの女だ。

……俺がこの村にたどりついたのは、つい先ほどのことだ。

北極を目指して、ノルウェー国内を北へと移動し続けていたが、途中でフランケンシュタインが、追ってきていないと気づいた。

これまでにも、フランケンシュタインが道を見失ったり、飢《う》え死《じ》にしかけたりしたことはあった。皮肉なことだが、俺はそのたびに、フランケンシュタインを見つけ出して、地図や食料などを与《あた》えていた。……もちろん、優しさからではない。苦しみの日々を長引かせ、完《かん》璧《ぺき》な復讐《ふくしゅう》を遂《と》げるためには、簡単に死なせるわけにはいかないからだ。つまらない場所で死なれたら、俺の計画が台無しになってしまうではないか！

——面倒《めんどう》な奴だ。今回はどこで死にかけているんだ？

そう思って森の中を引き返してみたところ、フランケンシュタインの乗っていた犬ぞりが、転倒事故を起こした痕跡《こんせき》を発見した。本人の姿《すがた》はなく、誰かに救出されたらしい。あとをたどって到着したのが、この村だった。そして、民家で看病《かんびょう》されているフランケンシュタインを見つけたのだ。

——フランケンシュタイン。お前は、見ず知らずの人間にも優しくしてもらえるのか。いい身分だな！

看病している女は、面倒見《めんどうみ》のいい性格らしい。フランケンシュタインを心配して、あれこれと世話を焼いているのを見ていたら、俺は腹が立ってきた。もし雪の中で死にそうになっているのが俺だったら、あの女は、俺を助けはしなかっただろう。

どんなに善良な人間でも、俺を見ると絶対に、怖《こわ》がったり、嫌《きら》ったりする。フェリックスも、アガサもそうだった。だからもう、俺は人間に期待なんてしない。

「……ふん。まぁ、フランケンシュタインが、つまらない森の中で凍死《とうし》していなかっただけ、よかったと考えよう。地獄《じごく》の苦しみを与《あた》えてやらなければならないのに、中途半端《ちゅうとはんぱ》な幕《まく》引《ひ》きではたまらないからな」

6年にわたる追走劇も、そろそろ終わりだと感じていた。俺はあと何十年でも逃げ続けられる自信があるが、フランケンシュタインはそろそろ限界だ。ひ弱なあの男は、俺への復《ふく》讐心《しゅうしん》だけを頼りに生きている。気力が尽《つ》きれば、いつ野垂《のた》れ死《じ》ぬか分からない。

――俺の復讐は、完成に近づいている。

最後の場所は北極にしようと、前から決めていた。北極はこの地球の最北、生物のほとんど存在しない、氷に閉ざされた世界だからだ。生命の限界を越えた死の世界は、復讐《ふくしゅう》の仕上げにふさわしい。

フェリックスがサフィに教えた知識の中には、北極のことも含《ふく》まれていた。未開の地である北極に、人々は古くから関心を抱《いだ》いてきたという。海洋学者や気象学者、航路開拓《こうろかいたく》にいそしむ商人、国の威信《いしん》をかけた政治家、探検家。さまざまな人間が北極に挑《いど》んできたが、その多くが、失敗して命を失ったそうだ。

──俺を追いかけて、死の世界に踏《ふ》み込《こ》んでくるフランケンシュタイン。想像するだけで、愉快《ゆかい》じゃないか。マイナス何十度という極寒の世界に、一人ぼっちで来るがいい！　そして、誰にも看取《みと》られず一人でみじめに死ね！

俺は、ベッドで眠《ねむ》るフランケンシュタインをにらみつけていた。

──きっとあいつは、この家で何日か、体を休めていくはずだ。だったら俺は、一足早く進むとしよう。丈夫《じょうぶ》な俺でも、北極に行くなら、準備は必要だ。

そう考えて、俺は民家から遠ざかっていった。人目につかないように、雪深い森に身をひそめ、北の方角へと進む。

やがて日が沈《しず》み、森の中は真っ暗になった。だが俺は、夜でも遠くまで見渡すことができる。ひたすら北へと進んでいくと、森が終わり、低木や岩場が目立つようになってきた。海岸線に近づくにつれ、木々はまばらになっていく。気温の低さや潮風《しおかぜ》のせいで、植物が育ちにくいのかもしれない。身を隠《かく》せる場所が少ないから、夜が明ける前にできるだけ進んでおこう。このまま進めば、夜明けごろには北部の海岸までたどり着けるかもしれない。

それから、さらに数時間。荒《あ》れ地《ち》をひたすら走っていると、海が見えた。そろそろ日の出の時間なので、海がオレンジに染《そ》まっている。広大な海には、大小さまざまな氷のかたまりが、ぽつり、ぽつりと浮《う》かんでいるのが見えた。

「……あれが流氷か。意外と、たくさん浮かんでいるんだな」

流氷の浮かぶこの海を、ひたすら北に進めば北極にたどりつく。人間なら船が必要だが、俺なら流氷から流氷へと渡り歩いて、北極まで行けそうだと思った。このあたりの海は流氷が点在する程度だが、きっと北へ進めば流氷だらけ、その先は一面に氷原が広がる世界になるだろう。

「北極に行く行程は、問題なさそうだな。次は保存食と防寒具の準備だ」

北極には生物がほとんどいないというから、保存食を準備しなければ。それに、毛皮の防寒具もほしい。しかし、保存食や防寒具を、どうやって手に入れようか。俺は人間とはちがって、店で買い物をすることはできない。人間の持ち物をこっそり盗《ぬす》むか、襲《おそ》って奪《うば》い取《と》る必要がある。

――どの町で、どんな人間を狙《ねら》うのがいいだろうか？

そんなふうに考えながら、俺は海岸沿《ぞ》いの岩場を進んでいた。すると、ぽつんと建った、小さな家が目に入ってきた。

小さくて質素《しっそ》な家だが、手入れが行き届《とど》いている。誰かが住んでいるらしく、煙突《えんとつ》から炊《すい》事《じ》の煙《けむり》が上がっていた。俺はその家の裏手《うらて》に回って、木窓のすきまから家の中をのぞいた。背の折れ曲がった白髪頭《しらがあたま》の老人が、食事をとっているのが見える。老人はこちらに背を向けて座《すわ》っているから、どんな顔かは分からない。

――このあたりには他の家も見当たらない。俺が隠《かく》れるには、ちょうどよさそうな家だな。

ふと、そんなことを思った。

家に住む老人を追っ払えば、この家は俺のものになる。そうすれば、人間の目を気にすることなく、この家で羽を休めることができるだろう。極寒の地で決着をつける前に、体を休めておくのも悪くない。……フランケンシュタインだって、ゆっくり休んでいたのだから。

だが、老人を追い出すだけでは、助けを呼《よ》ばれて面倒だ。閉じ込めておくか、手っ取り早く、殺してしまうのがいいだろう。

――そうさ。殺すなんて、俺には簡単だ。これまでに、2人も殺してきたのだから。

フランケンシュタインの妻と友人は、2人とも俺を見て悲鳴を上げていたが、首をつかんで少し力を加えたら、すぐに静かになった。

その瞬間を思い出すと、なぜか胸がムカムカしてくる。とてもいやな気分になるから、殺した人間のことは、あまり考えないようにしてきた。

――エリザベスやヘンリーのことは忘れよう。それより今はさっさとこの家に忍《しの》び込《こ》んで、あの老人をかたづけてしまおう。

木窓を壊《こわ》すために、俺はこぶしを振《ふ》り上《あ》げた。それと同時に、老人がゆったりと立ち上がり、ドアのほうへと向かって歩き出した。こちらに背を向けたまま、ドアを開けて、家の外へと出ていってしまう。

――どこかに出かけるつもりなのか？　人目につく前に、さっさと殺さなければ。

そう思い、俺は物音を立てずに、ドアのほうに回り込んだ。

だが、老人は出かけるわけではなかったらしい。庭先に置いてあるイスに、のんびりと腰《こし》かけた。老人がゆったりした動作で手のひらを開くと、やがて、どこからかやって来た小鳥がそこに乗った。手のひらには穀物《こくもつ》の粒《つぶ》が少し乗っていて、ちょんちょんと、小鳥がそれをついばんでいる。

――小鳥にエサをやっているのか。

朝日にきらめく雪景色の中の、白髪の老人と小鳥の姿。それはどこか清らかで、俺の心を引きつけた。まるで、美しい絵画のようだ。

――この老人は、どんな顔をしているんだろう。

老人の後ろ姿を、俺は物陰《ものかげ》から見つめていた。……顔も見てみたい。きっと穏《おだ》やかで美しく、聖者《せいじゃ》のような顔をしているに違いない。もともと俺は、人間を観察するのが好きなのだ。フェリックス一家のときも、そうだった……。と、物思いにふけっているときだった。

「そこにいるのは、どなたかね？」

そう言って、老人が俺のほうに顔を向けた。物音を立てていないのに、いつの間にか気づかれていたらしい。

俺はひどく驚《おどろ》いたが、さらにもう一つ、びっくりしたことがあった。……それは、老人がとても醜《みにく》い顔をしていたことだ。

「……！」

正確に言うと、顔の全部が醜いわけではない。顔立ちは整っているのに、目だけが醜いのだ。黄色っぽくにごった目玉は俺と似《に》ていて、目のまわりは目ヤニだらけになっている。目の焦点《しょうてん》が合っていないから、視力を失っているのかもしれない。

――この老人は、俺の姿《すがた》が見えていないのか!?

だから、俺を人間と勘違《かんちが》いして、話しかけてきたのだろうか。老人は、口もとに優しい笑みを浮《う》かべて、俺に質問してきた。

「ひょっとすると、あなたは旅のお方かな？　町の者が訪れるにしては、まだ早い時間だからね」

どう返事をすればいいか、俺には分からなかった。人間に親しげに話しかけられるなんて、生まれてはじめての経験なのだ。俺は何かを答えるべきか、あるいは逃《に》げるべきなのか？　俺が黙《だま》り込《こ》んでいると、老人は申《もう》し訳《わけ》なさそうな表情になった。

「もしかすると、あなたは、私の目を不快《ふかい》に思っておられるのかね？　何十年も前に、目の病気をわずらってから、ずっとこうなんだ。こわがらせてしまって、すまないね」

「……そんなことはない」

とっさに、そう答えていた。顔や体のすべてが醜い俺と比べれば、この老人の目なんて、気にするほどのものでもない。

「俺はあんたの目を、おそろしいとは思わない」

「そうかい、ありがとう。あなたは優しい方だ」

俺の声は低くてガラガラだから、これまで出会った人間は、声を聞くだけでもふるえていた。だが、この老人は俺をこわがる様子もなく、しわだらけの顔でうれしそうに笑っている。

「立ち話もなんだから、私の家にお入り。たいしたもてなしもできないが、少し休んでいきなさい」

そう言って、老人は俺を家にまねいた。人間の家に招待されるなんて、はじめてのことだ。とまどいながら、俺は老人のあとに続いて家に入った……。

「今、火を起こすから、待っていておくれ」

そう言いながら、老人は、手慣れた様子で火鉢《ひばち》に干し草や小さな薪《まき》を入れた。火打ち石で火花を出して、器用に火をつけていく。

「……目が見えないのに、あんたはとても器用だな」

俺がそう言うと、老人は答えた。

「私はもう40年以上、暗闇《くらやみ》の中で暮らしているからね。慣れてしまえば、だいたいのことはできるのさ。それに、耳で音を聞いたり、肌《はだ》で感じたりすることはできる」

そう言って、ゆったりと笑っていた。

「……あんたは、どうして一人ぼっちで住んでいるんだ？　このあたりに、町や村はないのか？」

「少し東に、ヴァードーという町があるよ。私はもともと、ヴァードーに住んでいたんだ。だが若い頃に、病気で視力を失ってしまってね。……自分では分からないが、私の目は、とても醜《みにく》いのだろう？　町のみんなは、私を見るとびっくりするんだ。かわいそうに思われたり、気づかわれたりするのが、どうにも苦手でね。だから、町から少し離れたこの場所で、一人で暮らすことにしたのさ」

「町の奴《やつ》らは、あんたを追い出したのか!?」

思わず、俺は声を荒《あら》くしていた。

「あんたが何をしたというんだ？　不幸にも視力を失ったあんたを、助けるどころか追い出すなんて！」

「いいや、そうではないよ。町のみんなは、親切にしてくれた。居心地《いごこち》の悪さを感じて、一人で暮らしたいと言い出したのは私自身だ。……目が見えなくても、相手の気持ちというのは、なんとなく伝わるものでね。私と向き合うと、相手はみんな、息をのむんだ。そして、あわれみと恐怖《きょうふ》を混ぜ合わせたような、重苦しい雰囲気《ふんいき》になる。私は、それがつらいんだよ」

俺は、納得できないながらも、老人の話を聞いていた。

「町の者たちは、今でも私をよく気にかけてくれる。暮らしに必要なものを整えてくれたり、様子を見に来てくれたりするよ。本当に、ありがたいことだ。こんなに気楽に過ごさせてもらって、感謝しかない」

温かい飲み物を飲みながら、老人は笑っていた。

俺は、この老人に感心していた。「慣れれば一人で暮らすのは簡単だ」とはいうものの、慣れるまでに相当な時間が必要だったに違いない。彼はきっと、町の人々に尊敬《そんけい》されているのだろう。この家が、小さいながらもきれいに整っているのは、人々の助けがあるからなのかもしれない。

自立心があって、温かい人柄《ひとがら》。この老人は、すばらしい人物だ。

——なのに、殺すつもりでいたなんて……。俺は、なんてひどいことを考えていたんだ。

こらえきれなくなって、俺は老人に頭を下げた。

「……悪かった」

「おや。なぜ、あなたが謝《あやま》るんだい？」

老人は、ふしぎそうに笑っていた。

「そういえば、あなたの名前をまだ聞いていなかったね。私は、ド・ラセーというのだが、あなたは？」

「………」

答えられない。俺には、名前なんてない。名前は親が子どもに与《あた》えるものだが、フランケンシュタインは、俺に名前をつけてくれなかった。これまで出会った人間は、みんな俺を「怪物」と呼《よ》んだ。

俺が黙《だま》りこんでいると、老人は、何かを察《さっ》した様子でうなずいた。

「失礼したね、無理に名乗る必要はないよ。人はそれぞれ、事情を抱《かか》えているものだ」

どうやらド・ラセーは、俺が名前を教えたくないのだと思ったらしい。俺のことを、牢屋《ろうや》から逃《に》げ出《だ》してきた罪人《ざいにん》や、わけありの旅人とでも思っているのかもしれない。

「それにしても、このあたりは不便で、旅をするのは大変だろう？　小さな町や村がいくつかあるだけだから、食べ物や日用品を手に入れるだけでも苦労するはずだ。ゆっくりできる宿もないし、なんといっても、この寒さだからね。この地で生まれ育った我々には慣れっこだが、よそから来た人には、つらいにちがいない。必要な物があれば言いなさい。私が手配してあげよう」

ド・ラセーの言葉を聞いて、俺の胸《むね》はじんわり温かくなった。

これは、夢ではないだろうか？　俺に、こんな優しい言葉をかけてくれる人間がいるなんて。ドキドキと心臓《しんぞう》が鳴り、体がふるえ出していた。本当にうれしかったのだ……目から涙《なみだ》があふれだすほどに。

「う、うぅ……」

俺の泣き声を聞いて、ド・ラセーはびっくりしたようだった。

「泣いているのかい？　どうしたんだね、旅人さん」

「……あんたがとても優しいから、少し気がゆるんでしまった。誰かに親切にしてもらうのは、生まれて初めてなんだ。俺は、みんなにひどく嫌《きら》われているから」

「なんと、かわいそうに……」

ド・ラセーは、心の底から俺に同情してくれているようだった。それがなおさらうれしくて、俺の目から涙《なみだ》がとめどなくこぼれていった。

「旅人さん。急ぎの旅ではないのなら、何日か、この家でゆっくり休んでいくといい。私は、あなたを歓迎《かんげい》するよ」

「……ありがとう。あんたは、本当に……本当にすばらしい人だ」

俺は、ふるえながらド・ラセーに頭を下げた。

それから数日間、俺はド・ラセーの家に身を寄《よ》せていた。まるで、夢のようにしあわせな時間だった。

窓《まど》の外は寒々としていて、流氷の浮《う》かぶ海は、冷たい波の音を響《ひび》かせていた。だが、ド・ラセーの家の中は、本当にあたたかい。ぱちぱちと燃える薪《まき》の音を聞き、火にかけられたなべから立ちのぼる湯気をぼんやり見ていると、それだけでしあわせを感じた。ド・ラセーと2人で食事をとったり、静かな時間をいっしょに過ごしたり……。ここにいると、時間が優しく流れていく。

ド・ラセーは、もの静かな老人だ。必要以上に話しかけてくることはなく、俺にあれこれと質問することもない。俺がどこから来て、これまで何をしていたのか、そもそも、俺が何者なのか……気にならないはずがないのに、ド・ラセーは何も聞いてこない。その沈黙《ちんもく》が、ありがたかった。

ありがたいと思うと同時に心配にもなった。この老人は、優しすぎるのではないか、と。

「なぁ、あんた。……見ず知らずの旅人を泊《と》めるなんて、危《あぶ》ないとは思わないのか？」

俺がそうたずねると、ド・ラセーはゆったりと俺のほうを向いた。

俺は話を続けた。

「もし俺が悪人だったら、あんたに危害《きがい》を加えて、この家を奪《うば》うかもしれないぞ」

……実際に、最初はそうするつもりだったのだから。

俺は、わざとこわがらせるような口調で、ド・ラセーに忠告《ちゅうこく》した。

「俺はあんたに感謝しているからこそ、言っているんだ。もし長生きしたかったら、今後は、旅人なんか、絶対に泊めるな」

「おやおや。ご忠告をありがとう」

ド・ラセーは、にっこりと笑った。ずいぶんとのんびりとしていて、この調子だと俺が去った後も、旅人が来るたびに泊めてしまいそうだ。

「俺の話を、真剣《しんけん》に聞いてくれ。あんたは目が見えないんだから、なおさら用心したほうがいい。……もし見えていたら、あんたはきっと、俺に優しくしなかっただろうがな」

少し悲しい気分になって、俺は続けた。

「目が見えていたら、俺を見て逃《に》げ出《だ》していたはずだ。……俺がどれほど醜《みにく》くて、おそろしい姿《すがた》をしているか分からないから、そんなのんきな態度をとっていられるんだ」

「そうかい？　私は、そうは思わないが」

ド・ラセーは、俺の言葉をゆっくりとさえぎった。

「……見えなくても、何となく分かるのさ。私だって、誰かれかまわず、家に泊《と》めたりはしない。あなたが救いを求めているようだったから、そうしたんだ」

ド・ラセーは、笑みを深めた。

「見なくても、分かることはたくさんある。たとえば、あなたの身長。あなたの声は、私の頭よりも、かなり高い場所から聞こえる。だから、とても背の高い人だね。……それに、あなたの体には、特有の匂《にお》いがしみついている。こう言っては失礼だが、亡くなった人の匂いだ。どんな暮らしをしていたか聞くつもりはないが、ほかにも、あなたの歩き方や、話す言葉から、私にはいろいろなことが分かる。それでも、あなたが悪人だとは、思えない」

ド・ラセーはさらに言った。

「相手の悲しみや苦しみというのは、何となく伝わるんだよ。人と人は、助け合って生きていくものだ。私はこれまで多くの人の世話になって生きてきたから、誰かの助けになれるときは、よろこんで力を貸すつもりだ」

ド・ラセーの言葉を聞いているうちに、俺はまた、泣いてしまった。

「……あんたは、本当にすばらしい人だ」

——もし、もっと早く、誰かがこんなふうに接してくれていたら……。俺はきっと、もっと優しくいられただろう。フランケンシュタインに復讐《ふくしゅう》しようなどとは考えず、エリザベスとヘンリーを殺すこともなかったはずだ。……だが、俺は殺してしまった。

大粒《おおつぶ》の涙《なみだ》を流して泣きじゃくる俺を、なぐさめるような表情でド・ラセーは言った。

「私でよければ、あなたの話を聞かせてくれないか。もし、あなたにどんな過去があっても、深く悔《く》いて行動を改めるなら、神さまはやり直すチャンスを与《あた》えてくださるはずだ」

俺のような怪物を、神さまは許《ゆる》すのだろうか？　生きていていいと、やり直していいと言ってくれるのだろうか？　そんな疑問を持ちながら、俺は自分のことを話し始めた。

「俺は生まれてから、ずっと一人ぼっちだったんだ。みんなが、俺のことを嫌《きら》う。大切に思っていた人たちにも、怪物呼ばわりされ、拒絶《きょぜつ》された。それから長い旅をして、とうとう親を見つけ出したが、その親にまで裏切《うらぎ》られた……」

だが、今となってはフランケンシュタインへの復讐《ふくしゅう》なんて、どうでもいいと思えた。もしも叶《かな》うなら、ド・ラセーのもとでこのまま暮らしたい。しかし……。

あの2人の命を奪《うば》ったときの手の感触《かんしょく》が、唐突《とうとつ》によみがえってきた。奪った命の重たさが、いまさらになって胸《むね》に迫《せま》ってくる。

俺が言葉に詰《つ》まっていると、ド・ラセーは優しく声をかけてきた。

「町の人々に、あなたを紹介しよう。きっと、みんなも迎《むか》え入《い》れてくれると思うよ」

「……やめてくれ。それは必要ない。いくら、あんたが働きかけてくれたとしても、そいつらは俺を、仲間にはしてくれないだろう」

「なぜそう思うんだね？　実際に会ってみなければ、分からないだろう」

「絶対に無理なんだ」

ド・ラセーは、親切心から提案《ていあん》してくれたにちがいない。だが、その提案だけは受け入れることはできない。

「……お願いだから、絶対に、俺をほかの人間に引き合わせないでくれ」

俺の言い方があまりに切実だったから、ド・ラセーは、何かを察《さっ》した様子で口をつぐんだ。

「俺のような怪物を受け入れてくれるのは、きっとこの世界で、あんただけだ……」

それ以上は何も言えず、気まずい沈黙《ちんもく》が、部屋を埋《う》め尽《つ》くしていった。お互《たが》いに何も言わず、窓の外から聞こえてくる冷たい波の音だけが、悲しく鳴り響いている。

そのとき。足音が近づいてきて、コン、コンとドアを叩《たた》く音が響いた。

「ド・ラセーさん、こんにちは！　昨日の漁で、たっぷり魚がとれたんだ！　おすそわけを持ってきたよ」

誰かが来た。それが誰だか知らないが、俺にとっては同じことだ。ド・ラセー以外には、俺に優しくしてくれる人間なんているわけがないのだから。

——俺はまた、怪物呼ばわりされるのか。せっかく居場所ができたのに、また追い出されてしまうのか⁉

ガタガタとふるえだした俺に、ド・ラセーはなだめるような声で言った。

「私の知り合いだ。そんなにおびえることはない」

「いや、だめだ。絶対にドアを開けないでくれ。助けてくれ、俺を、どうか……」

しかし、ドアにはカギがかかっていなかったようだ。来訪者は、自分でドアを開けてしまった。

「ド・ラセーさん、邪魔《じゃま》するぞ。ほら、こんなにたくさん……」

入ってきたのは、大きなカゴを持った若い男だった。そいつが俺を見た瞬間《しゅんかん》の、驚《おどろ》きぶりと言ったら……。

「う、うわぁあああああああああああああ！」

男は真っ青になって悲鳴を上げると、カゴを放り出して家から飛び出した。このままこの男を行かせたら、助けを呼《よ》ばれて攻撃《こうげき》されるに違いない。俺はとっさに男を追いかけ、その腕《うで》をつかんで地面に押しつけた。

「ひっ！　か、怪物!!」

「黙《だま》れ！　お前のせいで、俺は……！」

ド・ラセーと二人きりで話していたときのおだやかな気持ちとは一転して、俺の胸の中は焦《あせ》りと憎《にく》しみでいっぱいになっていた。ようやく、俺に優しくしてくれる人と出会えたのに……ようやく居場所ができるかもしれなかったのに。突然《とつぜん》現れたこの男に、あっけなくしあわせをぶち壊《こわ》されるなんて！

——この男をどうするべきだ？　……考えるまでもない、殺すしかないじゃないか！

逃《に》がしたら、こいつは絶対に俺のことを他の人間に話す。そしてたくさんの人間が押《お》し寄《よ》せ、ド・ラセーは俺が怪物だと知って、こわがるようになる。俺はまた一人ぼっちだ！

「た、助け、助けてくれ!!　いやだ、離してくれぇぇ!!」

男を地面に押しつけたまま、片手で男の首をつかんだ。殺すなんて簡単だ。ほんの少し力をこめれば、あっという間に死んでしまう。ヘンリーとエリザベスもそうだった……。

2人を思い出したとたん、力が入らなくなった。どうして手がふるえるのだろうか。俺が困惑《こんわく》していたら、後ろからド・ラセーが声をかけてきた。

「……どうしたんだ。大きな声が聞こえたが……？」

家の中から、ド・ラセーが顔をのぞかせている。目が見えていないから、今起きていることがよく分かっていないのだろう。

——もし、俺がこの男を殺したら、ド・ラセーは俺を嫌《きら》うに違いない。

そう考えたら、ぞっとした。ド・ラセーに嫌われたら、俺に優しくしてくれる人は、一人もいなくなってしまう。

どうしたらいいか分からなくなって、俺は男を取り押さえたまま動きを止めていた。男は悲鳴を上げながら、必死で俺から逃《のが》れようとしている。

次の瞬間、俺は最高のアイデアを思いついた。

「おい、お前!! よく聞け！」

雷《かみなり》のような声でどなると、男はびくりと体をふるわせた。

「保存のきく食べ物を、今すぐたくさん持ってこい！ それと、毛皮の防寒具もだ。俺の言うとおりにしないと、あの家の老人の命を奪《うば》ってやる！」

「ひぃ……！」

男は、恐怖《きょうふ》で顔をゆがませていた。

「分かったら、今すぐ用意しろ!!」

俺が手を放すと、男は真っ青な顔で走り去っていった。俺は、ド・ラセーの家に戻《もど》って、しっかりとドアにカギを閉めた。

「た、旅人さん……どうしてしまったんだ……？ まるで、人が変わったみたいだよ」

ド・ラセーが、ひどくおびえた顔をしているのを見て、俺は悲しくなった。

「そんな顔をしないでくれ。ほかに方法がなかったんだ。だから、こうするのが一番いい」

「いったい、何をする気なんだ……？」

「逃《に》げるのさ。姿《すがた》を見られちまったから、俺はもう、ここにはいられない。だが、あんたにも一緒に来てほしい！　あんたがいてくれれば、俺はほかには何もいらない。もう二度と、人間のそばには近寄《ちかよ》らない」

「なんだって？」

ド・ラセーは、驚《おどろ》いているようだった。

だが、これ以上のアイデアはないはずだ。俺は、仲間が一人でもいてくれれば満足なのだから。ド・ラセーさえいてくれれば、俺はもう、人間の世界にはかかわらない。そのほうが、人間たちにとっても、俺にとっても幸福なはずだ。

「ド・ラセー。俺は、あんたを心から尊敬《そんけい》しているし、あんたを絶対に悲しませたりしない。あんたが腹を減らしたり、寒さに苦しんだりすることのないように、いつだって、あんただけを大切にするよ。だから、どうか、俺と来てくれ。俺の仲間になってくれ！」

俺は一所懸命《いっしょけんめい》に訴《うった》えたが、ド・ラセーは深刻《しんこく》そうなに眉《まゆ》を寄《よ》せている。

「……あなたは、再び罪《つみ》を重ねるつもりなのか」

ド・ラセーは、本当に悲しそうだった。

「あなたが過去にどんな罪を犯《おか》したか、私は聞くつもりはない。しかし、町の者を脅《おど》すような真似《まね》は、絶対に見逃《みのが》せない。私はあなたの旅に連れそうことはできないし、愚《おろ》かな罪を重ねようとするあなたを、許《ゆる》すわけにもいかない」

「なんだと……⁉」

頭に、カッと血がのぼった。

「俺が真剣《しんけん》に頼んでいるのに。どうして耳を貸してくれないんだ！　俺をあわれんでくれたのは、ただの演技だったのか⁉」

――優しい言葉を、たくさんかけてくれたのに！　どうして、俺に寄《よ》り添《そ》ってくれないんだ？　あんたも、俺を見捨てようとするのか……？

俺の胸を埋《う》め尽《つ》くしたのは、怒《いか》りよりむしろ、悲しみだった。胸の中が冷たくて、ひざに力が入らない。どうしたらいいか自分でも分からなくなり、俺はその場にしゃがみこんだ。

ド・ラセーは、それ以上何も言おうとはせず、静かに俺のそばに立っていた。……だが、どうして逃《に》げ出《だ》さないのだろうか？　俺に失望したのなら、今すぐ逃げ出すはずじゃないか。ド・ラセーが何を考えているのか、俺にはさっぱり分からない。

──俺は、どうしたらいいんだ？

重苦しい沈黙《ちんもく》が続いた。……どれくらいの時間が過ぎただろう？

やがて、家の外から、いくつもの足音や、そりを引くような音が聞こえてきた。俺の命令したものを、町の者たちが運んできたのかもしれない。

俺は、木窓のすきまから外の様子を見た。5、6人の男たちが、食料や防寒具を積み込んだソリを、家の前にとめている。

そのソリのそばに、町の者に混《ま》じって、旅人風のよそおいの者もいるのが見えた。30歳くらいの、金髪の男だった。ひどくくたびれた様子だが、青い瞳《ひとみ》に憎《にく》しみの炎《ほのお》を燃やして、こちらをにらみつけている。

「……フランケンシュタイン!?」

それは、俺の宿敵《しゅくてき》ヴィクター・フランケンシュタインだった。

「怪物め！　人質のご老人を解放しろ！　お前の狙《ねら》いは、私ではなかったのか!?」

フランケンシュタインは、大きな声でそう言いながら、猟銃《りょうじゅう》をかまえていた。

「私と何のかかわりもない者まで、巻《ま》きこむつもりだったのか？　やはりお前は、どうしようもない卑怯者《ひきょうもの》だ！」

＊＊＊

メアリとフランケンシュタインがヴァードーの町に到着したのは、つい先ほどのことだった。ヴァードーは、海辺の小さな町だ。メアリたちが到着したとき、町じゅうが異様な騒《さわ》ぎになっていた。

「みんな、急げ！　食料や毛皮を、ありったけソリに積み込むんだ‼　早くしないと、ド・ラセーさんが怪物に殺されちまう！」

若い男が、青ざめながらそう叫《さけ》んでいるのを聞いて、メアリとフランケンシュタインは顔を見合わせた。

町の人々は広場に集まって、大きなソリに食料などを積み込んでいる。その中の一人が、若い男に問いかけていた。

「だが、本当に怪物なんていたのか？　何かの見まちがいじゃあ……」

「見まちがいなもんか！　背丈《せたけ》が二メートル半くらいある、でかい化け物だ！　ひどく醜《みにく》くて、人間の言葉をしゃべるんだ」

それを聞いたフランケンシュタインは、憎《にく》しみと喜びの入り混じったような表情で、唇《くちびる》をつり上げた。

「怪物め、とうとう追いついたぞ！」

興奮《こうふん》した声で、フランケンシュタインはつぶやいた。そんな彼を見つめながら、メアリは表情をこわばらせ、口をつぐんでいる。

フランケンシュタインは、騒《さわ》ぎの中心に歩《あゆ》み寄《よ》っていった。

「すみませんが、くわしい話を聞かせてください。その怪物は、今どこにいるのですか？」

フランケンシュタインがたずねると、若い男は不安そうに問い返してきた。

「あんたは誰だい？」

「その怪物に、家族を殺された者です。奴《やつ》を倒すために、私は旅をしています」

「家族を……」

若い男は、納得した様子でフランケンシュタインに答えた。

「怪物は、この町から少し離れたところにある、ド・ラセーさんの家にいた」

「ド・ラセーさんというのは？」

「目の見えないご老人だ。見えないから、あの怪物のことを、ただの人間だと思い込んでいるみたいだった……。怪物は、ド・ラセーさんの家を訪ねた俺を、おそろしい顔で地面に押さえつけた。そして、命令してきた——食べ物や毛皮を、ここに運んで来いと。言うことを聞かないと、ド・ラセーさんの命を奪《うば》うと」

「ご老人を人質にして、今も家に立てこもっているということですか？」

若い男は、小さくうなずいた。フランケンシュタインが、いまいましそうに顔をゆがめた。

「その家まで、私を案内してください。怪物を退治してみせます」

「だが、あんなにでかい怪物だぞ？　へたに刺激《しげき》したら、かえって大変なことに……」

「みなさんに危険《きけん》が及《およ》ぶことはないはずです。あの怪物は、私を苦しめることだけを目的に生きていますから。私と奴は何年も戦いの旅を続けてきましたが、私と無関係な人間に対して、奴が興味を示したことはありませんでした」

「しかし……」

「ご不安なら、皆さんは怪物に要求された物品を、用意してください。そうすれば、怪物がみなさんを標的にすることはありません。あとは怪物と私だけの問題です」

話し合いの末、町に住む男たちが数人がかりで、食料などを乗せたソリを、ド・ラセーの家の前に運ぶことにした。彼らが仕事を終えたあと、フランケンシュタインは、ド・ラセーの家に向かって声を張り上げた。

「怪物め！　人質のご老人を解放しろ！　お前の狙《ねら》いは、私ではなかったのか？」

フランケンシュタインは、怪物がいつ飛び出してきてもすぐに戦えるよう、猟銃《りょうじゅう》をかまえている。

「私と何のかかわりもない者まで、巻きこむつもりだったのか？　やはりお前は、どうしようもない卑怯者《ひきょうもの》だ！」

フランケンシュタインの様子を、荷物を運んできた男たちが、少し離れた低木の茂《しげ》みに隠《かく》れて見つめていた。

そして茂みに隠れていたのは、男たちだけではない。メアリもまた、彼らと一緒に戦いを見守ろうとしていた。

――フランケンシュタインさん……あんなに疲《つか》れきった体で、怪物と戦えるの？

フランケンシュタインは勝つつもりでいるようだが、メアリは不安をぬぐえない。それに、メアリは怪物の行動を疑問に思っていた。

――何を考えているんだろう？　食べ物を手に入れるために、人質をとって立てこもるなんて……。だって、怪物が本気を出せば、食べ物なんて、いくらでも奪《うば》えるはずじゃない。

メアリの頭の中は、不安と疑問でいっぱいだった。フランケンシュタインと怪物の因縁《いんねん》に、メアリはなんの関係もない。だから、ここで盗《ぬす》み見《み》ているのは、完全なおせっかいだ。

それでも……。

――放っておけないわ。私がいても、何の役にも立たないかもしれないけれど。

メアリは、フランケンシュタインの背中をじっと見つめていた。

＊＊＊

外で猟銃《りょうじゅう》をかまえているフランケンシュタインを見て、俺は怒りに肩《かた》をふるわせた。憎《にく》き宿敵《しゅくてき》、フランケンシュタイン。この男は、いつも俺に不幸を突《つ》きつける。今だってそうだ。

「くそっ。ヴィクター・フランケンシュタイン……！」

復讐《ふくしゅう》を忘れて、心おだやかに生きたいと、一瞬《いっしゅん》でも願った俺が馬鹿《ばか》だった。俺には、安らかに生きることなど、できないのだ。俺のような呪《のろ》われた怪物は、誰にも受け入れてもらえない。俺を生み出した親でさえ、こんな仕打ちをしてくるのだから。

「殺してやる。……殺してやるぞ、フランケンシュタイン」

復讐の最後は北極で、と思っていたが、もうどうでもいい。今ここで、フランケンシュタインを殺してしまおう。奴がどれほど準備を整えていようと、俺に勝てるわけがない。

——決着をつけてやる！

俺が家から飛び出そうとした、そのとき。

「冷静になりなさい。早まってはいけない」

ド・ラセーはそう言うと、ゆっくりとドアのほうに向かっていった。

「どうやら、あなたと彼には、複雑な行きちがいがあるようだね。それならば、きちんと話し合うべきだ。私が話をしてこよう」

堂々とした物腰《ものごし》で、ド・ラセーはドアを開いた。

「私の客人に、何のご用かね？」

はっきりとした声で、ド・ラセーがフランケンシュタインにたずねる。

「誤解《ごかい》があるようだから、はっきりと伝えておこう。私は、人質になどなっていない。私の客人を、『怪物』だとか『卑怯《ひきょう》』だとか、ずいぶんと失礼ではないか」

――ド・ラセーは、俺をかばおうとしてくれているのか……？

家の外で、フランケンシュタインが声を張り上げた。

「ご老人、あなたはその怪物にだまされているのです！　あなたが客人だと思い込んでいる『それ』は、醜《みにく》くて残忍《ざんにん》な怪物です。……失礼ですが、視力を失っていらっしゃるようですね。もしご自分の目で怪物の姿《すがた》を見たなら、それがどれほどおぞましい存在か、お分かりになったでしょう」

「偏見《へんけん》はおやめなさい」

ド・ラセーは、厳しい声でぴしゃりと言った。

「見えないから、何だというのだ。姿《すがた》がどうであれ、この数日ともに過ごして、彼は決して悪人ではないと私には分かった。もし彼が怪物だというのなら、彼を苦しめて『怪物』にしてしまった者たちにも、責任があるとは思わないかね？」

フランケンシュタインの顔に、困惑《こんわく》の表情が浮《う》かんだ。

「この客人が過去に犯《おか》した罪《つみ》を、私は何も知らない。しかし、彼がとても悔《く》いているのは、私にも分かる。彼は不幸だ。彼には、やり直しのチャンスが与《あた》えられるべきだ」

俺の目から、涙《なみだ》があふれた。ド・ラセーは、本当に温かい人だ。

そして再び、自分の身勝手さにも思《おも》い至《いた》った。俺は、孤独《こどく》な自分をなぐさめるためだけに、ド・ラセーを連れ去ろうとしていたのだ。長く暮らした土地から無理やり引き離されて、俺と2人で生きるなんて、ド・ラセーにとって不幸以外のなにものでもない。大切な恩《おん》人《じん》に、俺はなんてむちゃくちゃな要求をしていたのだろう。

——これ以上、ド・ラセーに迷惑《めいわく》をかけることはできない。

今すぐここから去らなければ——と決意して、俺はドアと反対側の窓《まど》からこっそり出ていこうとした。だが、低木の茂《しげ》みに何人かの人間がいることに気づいた。彼らはきっと、町の連中だ。彼らは、ド・ラセーが俺をかばうのを見て、ショックを受けているようだ。

——俺がこっそり逃《に》げ出《だ》したら、町の人間たちは、ド・ラセーを悪く言うのだろうか？

ド・ラセーは優しい人だから、俺が去ったあとも、かばってくれるに違いない。しかし、人々はド・ラセーのことを、「怪物の味方をする、頭のおかしな老人」だと思うだろう。そして、ド・ラセーは嫌われて孤独になってしまうかもしれない。

目の見えないド・ラセーは、人々の助けがなければ、生きていくのは難しいだろう。俺をかばったせいで、ド・ラセーが苦しむことになる……それだけは、絶対に避《さ》けなければいけないと思った。

——ド・ラセーに迷惑をかけないためには、どうしたらいい？

その答えは、一瞬のうちにひらめいた。俺はドアのほうへと向かい、入口に立つド・ラセーに、馬鹿《ばか》にするような声で言った。

「おい！　じゃまだ、そこをどけ！　……………おひとよしの、馬鹿なじいさんめ」

できるだけ、おそろしく聞こえるように。邪悪《じゃあく》な怪物にふさわしい、残忍《ざんにん》そうな声で。俺はド・ラセーにそう告《つ》げた。

「……旅人さん？」

けげんそうな顔をするド・ラセーの横を通り過ぎて、俺は家の外に出た。そう、俺は「怪物」としてこの家を去り、復讐《ふくしゅう》の旅を続けるのだ。だが、大切な恩人《おんじん》に迷惑をかけないように、後始末だけはきちんとやっておかなければならない。

「おのれ、ヴィクター・フランケンシュタイン!! 忌《い》まわしい、我が宿敵《しゅくてき》め!!」

地鳴りのような大声で叫《さけ》び、俺はフランケンシュタインに飛びかかった。

奴は、かまえていた猟銃《りょうじゅう》を俺に向かって撃《う》ち放《はな》った。だが銃弾《じゅうだん》をよけるなんて、俺には簡単だ。俺はフランケンシュタインの目の前まで迫《せま》り、奴を突《つ》き飛《と》ばした。

軽く突き飛ばしただけなのに、フランケンシュタインの体は大きく弾《はじ》き飛《と》ばされ、低木の茂みに激突《げきとつ》した。そばに隠《かく》れていた人間たちが、びっくりして飛び出してくる。

「お、おのれ……怪物め……！」

フランケンシュタインは体を強く打ちつけたらしく、痛みに顔をゆがめて、立ち上がれなくなっていた。

「ははははは！ 残念だったな、フランケンシュタイン!! お前なんかに、俺を倒せるわけがない！」

　俺は笑った。残酷《ざんこく》な怪物にふさわしい、不気味な笑い方で。

「目の見えないじじいさんをだますのは、簡単だった！　このじいさんは、俺を人間だと信じ込んでいたからなぁ……！　だが、おかげでゆっくり体を休めることができたし、こうして食料も手に入った。だから、もう用済みだ」

　そう。ド・ラセーは、「悪い怪物」にだまされていただけなのだ……怪物と知りつつ家にかくまっていたわけではなく、利用されていただけの、あわれな犠牲者《ぎせいしゃ》。そういうことにしなければならない。町の者たちが、ド・ラセーを嫌《きら》わないために。

「さぁ、フランケンシュタイン、俺は準備を整えたぞ？　北極で、お前を待っている。せいぜい、苦しむがいい!!」

　俺は、ソリに積まれた食料や防寒具の袋《ふくろ》を担《かつ》ぎ上《あ》げた。これだけあれば、北極でも生きていけるはずだ。

「待て……怪物…………」

　フランケンシュタインは、まだ立ち上がれずにいた。ひょっとすると、骨の１本や２本は折れているのかもしれない。いい気味だ。ボロボロの体で苦しみながら、北極まで追いかけて来い。そこが俺とお前の決着の場だ！

俺は、岩場の先に広がる、広大な海を見やった。

俺が岩場に向かおうとしたそのとき、若い女が、フランケンシュタインに駆《か》け寄《よ》るのが見えた。

「フランケンシュタインさん！　戦うなんて無理よ、もうやめて！」

かわいらしい顔立ちをした女だ。この女は知っている。ここにくる途中の村で、フランケンシュタインを看病《かんびょう》していた女だ。俺は一人ぼっちだというのに、フランケンシュタインには、旅をともにする仲間ができていたなんて……。

仲間なんて、認めない。フランケンシュタインは、孤独《こどく》でなければならないのだから。俺はその女のもとへと駆《か》け寄《よ》り、女を片手で抱《だ》き上《あ》げた。

「きゃあ!?」

「フランケンシュタイン！　この女はお前の新しい仲間か？　お前の大事な者は、この俺が一人残らず殺してやる！」

「何だと⁉　メアリを離せ、彼女は無関係だ……！」

奴《やつ》の話になんて、耳を貸すものか。

「ちょっと、やめて‼　何するのよ⁉　離して！」

女は暴《あば》れて、逃《に》げようとしていた。……なんてうるさい女なんだ。俺がごくわずかな力で、首の後ろをたたくと、女はあっけなく気を失った。

荷物と女を担《かつ》ぎなおし、俺は岩場へ向かっていった。勢いをつけて走り出し、海に浮かぶ流氷に飛び乗る。流氷から流氷へと次々に飛び移り、陸から遠ざかっていく。

「この女を返してほしければ、俺を追ってこい！　北極で待っているぞ、フランケンシュタイン‼」

陸に向かってそう叫《さけ》んでから、俺は北極に向かっていった――。

＊＊＊

メアリはよく、悪夢を見る。

幼い頃、父が再婚《さいこん》相手を連れてきたころの記憶《きおく》を、そっくりそのまま夢に見るのだ。再婚相手の女性は、メアリの新しい母になったが、彼女はメアリを嫌《きら》っていた。父の目が届《とど》かない場所で、こっそりとメアリにつらく当たった。

「マナーが悪い」と言ってメアリの手を叩《たた》いたり、「生意気で、かわいげがない」と悪口を言ったり。それに、新しい母は、メアリを名前で呼《よ》んでくれなかった。「ちょっと、あなた」と冷たい声で呼ばれるたびに、メアリはこわくなってふるえた。今度はどんな嫌《いや》がらせをされるんだろう……と。

──本当のお母さんは、いつもわたしの名前を、優しく呼んでくれたのに。

名前は、自分だけの特別なものだ。だから、相手に名前で呼ばれると、大切にしてもらえた気がして、うれしくなる。

──新しいお母さんは、わたしのことが嫌《きら》いなんだわ。だから、わたしを、名前で呼んでくれないのね。

あのころの悲しみは、大人になった今でも消えない。だからいまだに、当時のことを夢に見てしまう。……今も、そうだ。

くり返し見る夢だから、「これはただの夢だ」と自分でも分かっている。なのに、自分の意志で目覚めることはできず、メアリはその夢の中では、ちっぽけな4歳の子どもに戻《もど》ってしまうのだ。目の前にはいじわるな継母《ままはは》が立っていて、彼女はやっぱり、メアリを名前で呼んではくれない。

悲しい。心の中が、とても冷たい。冷たくて寒くて、もう、息もできない……。

「う…………あぁ……！」

うなされて、メアリは目を覚ました。

目覚めた瞬間《しゅんかん》、鼻や口から入り込んできた空気の冷たさに驚《おどろ》いた。冷気が肌《はだ》を刺《さ》して、痛い。ぞっとするほどの寒さで、体が凍《こお》ってしまいそうだ。

——ここは、どこ？　わたし、いつの間にこんなところに？

広くてうす暗い部屋の床に、メアリは一人で倒れていた。床は氷のように冷たく、メアリ自身も冷気にさらされたせいか、全身の筋肉《きんにく》がこわばり、凍りついたようになっていた。

メアリは、ぎこちなく手足を動かして起き上がった。心臓の音が、バクバクとうるさい。

歯が勝手にガチガチと鳴るのは、寒さのせいか、……あるいは、理解できない状況《じょうきょう》への恐怖《きょうふ》からか。

メアリは、おそるおそる周囲を見回した。この部屋には、分厚いガラス製の小窓《こまど》がいくつもついている。窓から見えたのは、一面真っ白な世界。……雪景色？　いや、あれは氷だろうか？　部屋には航海計器《こうかいけいき》やノートなどが散らばっており、古びた海図が何枚も壁《かべ》に貼《は》ってある。その海図は、北極周辺のものばかりだ。外からはザザ……という波の音や、氷がこすれ合うような音が響《ひび》いている。

——もしかして、ここは船の中なの!?

メアリはふるえる足で立ち上がり、小窓のほうへ歩いて行った。やっぱり、ここは船の中だ。小窓の外には船の甲板《かんぱん》が見えており、その先は氷の海だった。巨大な氷のかたまりに、この船は挟《はさ》まれているようだ。船がギシギシという軋《きし》んだ音を立てているのは、氷に押しつぶされそうになっているからだろう。氷の一部が、小窓の高さまでせりあがっているのが見える。

メアリは、ひどく混乱していた。

——どうしてわたし、船なんかにいるの？　だって、さっきまでわたしは……。

気を失う前のできごとを思い出して、メアリはぞっとした。ヴァードーの町の近くで起きた、あのできごとを。

――わたし、怪物にさらわれたんだわ。怪物が、おじいさんの家に隠《かく》れ住《す》んでいて。おじいさんの目が見えないのをいいことに、人間のふりをしていたらしいけれど……。

メアリをさらったとき、怪物は、「お前の仲間は、この俺が一人残らず殺してやる！」と言っていた。メアリはそれから意識を失って、そして……現在にいたる。

――ちょっと待ってよ……！　わたし、どれくらいの間、気を失っていたのかしら。怪物はどこにいるの？　わたし、殺されるの⁉

メアリは思わず取り乱した。すると、そのとき。

「目が覚めたのか」

地鳴りのように低い声が、部屋の入口のほうから聞こえてきた。

――怪物！

つぎはぎだらけの巨大な怪物が、入口に立っている。メアリは、「ひっ」と引きつった悲鳴を上げそうになったが、必死で飲みこんだ。

どすり、どすりと重たい足音を響かせて、怪物がこちらに近づいてくる。

——殺される……⁉

メアリは恐怖《きょうふ》で体がふるえて、逃げだすことができなかった。

怪物はメアリの数歩手前で立ち止まると、防寒用の毛皮のコートを投げ渡してきた。

「着ろ」

「……え？」

何を言われたのか分からず、メアリが目を見開いていると、怪物はもう一度言った。

「寒いのなら着ろ」

まさか怪物に寒さの心配をされるとは思わず、メアリはびっくりしてしまった。

「え……。ええと……、その……ありがとう……？」

とまどいながらも、メアリはお礼を言った。親切にしてもらったら、たとえ相手が誰であってもお礼を言う——メアリにとっては、それが当然だ。

すると、今度は怪物のほうが驚《おどろ》いた顔をした。

「どうしたの？」

「……何でもない。少し意外だっただけだ。……いいか、これは親切なんかじゃない。お前を殺すのは、フランケンシュタインが来たときだ。だから、今、勝手に死なれては困《こま》る」

怪物は、部屋から出て行こうとした。その背中に、メアリがためらいながら声をかける。

「ねぇ。ここはどこ？」

怪物がぴくりと止まり、目を見開いてメアリを振り返った。まるで、「俺に話しかけてくる女がいるなんて、信じられない」とでも、言いたそうな顔だ。

怪物は居心地が悪そうにしながら、くぐもった声でメアリに答えた。

「…………漂流船《ひょうりゅうせん》だ」

「漂流船？」

「分厚い氷に挟《はさ》まれて、動けなくなった船を見つけた。凍死《とうし》した船員の死体が、中にたくさん転がっていた。かなり古いものらしく、いつ流氷に押しつぶされるか分からないが、ちょうどいい場所だと思った。フランケンシュタインを待つ間、お前を野ざらしにしていたら、凍《こご》え死《じ》んでしまうだろうからな。船の中なら、寒さも少しはマシだろう」

怪物は、意外にもメアリの質問にきちんと答えてくれた。

「……この船は、どこの海を漂流しているの？」

「北極だ」

「北極ですって!?」

メアリは、すっとんきょうな声を上げた。長年の目標だった北極に、こんな形でたどりついてしまうなんて……。

「うそ!? うそでしょ？ わたしが気を失っている間に、北極に来たっていうの!? そんな簡単に来られるわけが……」

「俺ならできる。それに、ここはまだ、北極の入口のようなものだ」

「入口って……」

「ここと、さっきの村までの距離《きょり》は、それほど離れていない。だが北極というのは、北緯66度33分よりも北の地域のことだろう？ だから、ここだって『北極』だ」

——確かに、その通りだわ。でも、怪物がこんなにしっかりした地理の知識をもっているなんて。

メアリは、思わず怪物を見上げた。

怪物の肌《はだ》は腐《くさ》ったような緑っぽい色をしていて、全身がつぎはぎだらけだ。顔面も不格好《ぶかっこう》に縫《ぬ》い合《あ》わされて、不気味にゆがんでいる。どろりとにごった黄色い眼球《がんきゅう》は、心臓が凍《こお》りつきそうなほどおそろしい。しかし、メアリは怪物から、目をそらすことができなかった。

怪物が呼吸《こきゅう》をするたびに、真っ白な息が口や鼻から出てくる——もちろんそれは、メアリも同じだ。生物がこの極限の寒さの中で息をすれば、息が白くなるのは当然のこと。つまりは、自分も怪物も、同じ生き物なのだ——そんなふしぎな思いがこみ上げて、メアリはじっと怪物を見ていた。

メアリの視線をおそれるように、怪物は目をそらしていた。しかし、とうとうこらえきれなくなった様子で、メアリにたずねてきた。

「……なぜお前は、そんなに俺のことを見るんだ？」

怪物は続けた。

「目の見える人間で、俺をこわがらなかった奴は、これまで一人もいなかった。もしかして、お前は、……俺のことがこわくないのか？」

怪物の声に、救いを求める気持ちがこもっているように感じた。メアリはどう返事をするべきか悩《なや》んだが、少し考えた末に、正直に答えることにした。

「……いいえ、ごめんなさい。あなたのことは、こわいわ」

メアリだって、怪物がこわい。この怪物を見ていると、全身がゾワゾワして、本能が「危《き》険《けん》だ」「逃《に》げろ」と訴《うった》えかけてくる。死体を見たときや、猛獣《もうじゅう》に出会ったときの恐怖感《きょうふかん》と、似《に》た感覚だ。しかも、この怪物はフランケンシュタインの妻や友人を殺害し、今度はメアリを殺すと言っていた。こわくないわけがない。

……でも、こわさ以上に、「この人はかわいそうだ」という気持ちが、メアリの胸《むね》にこみ上げていた。

「ねえ。あなたはヴァードーの村で、本当にあのおじいさんをだましていたの？」

びくり、と怪物は体をこわばらせた。

「あなたは目の見えないおじいさんを人質にして、町の人たちをおどしていた。……でも、わたしには、あなたの態度が不自然に見えたわ。なんだか、わざと嫌《きら》われようとしているみたいで。本当は別の事情があったんじゃない？　だってあのとき、あなたは――」

「だまれ！」

悲鳴のように叫《さけ》ぶと、怪物は太い右腕《みぎうで》をメアリの首へと伸《の》ばした。メアリは恐怖《きょうふ》に言葉を失い、真っ青な顔色になった。

「だまれ、だまれだまれ！　その口を閉じろ。もう何も言うな！」

怪物は大声でどなりながら、メアリの首をつかんだ。

「えらそうな偽善者《ぎぜんしゃ》め、お前なんかに、何が分かる⁉　恵《めぐ》まれて生きてきたくせに……そのかわいらしい見た目も、仲間も、何もかも！　俺には与《あた》えられなかったすべてを、当たり前のように持って生まれただけの女が、知ったような口をきくな！」

このまま首をしめられて殺されるのだ、とメアリは思った。しかし……。

怪物が力をこめることはなく、そっとメアリの首から手を放した。つぎはぎだらけの醜《みにく》い顔は、なぜか悲しそうにゆがんでいる。

どうして、この怪物は自分を殺さないのだろう？　メアリはとまどっていた。

「なんだ、その不思議そうな顔は？　……言っただろう。お前を殺すのは、ヴィクター・フランケンシュタインがここに来たときだ。いつものように、あいつが気づく目印を、ここまで残してきた。だからフランケンシュタインは、必ずここにやってくる。あいつを、もっともっと苦しめてやるんだ。これ以上ないくらい、絶望させてやる……そうでなければ、復《ふく》讐《しゅう》にならない！　ああ、楽しみだ。フランケンシュタインを、絶望のふちに突《つ》き落《お》としてから殺す瞬間《しゅんかん》が、本当に楽しみでたまらない！」

怪物は「楽しみだ」、「楽しみだ」と口では言ってはいるが、その目はひどくさびしげだった。……ただ、強がっているだけのようにも見える。

――この人は、本当は誰も殺したくなかったのかもしれない。

今首をつかまれたのも、殺すつもりはなく、こわがらせるためにそうしただけだったのではないかと、メアリは思った。怪物の手には、まったく力がこもっていなかったからだ。

――この人の外見は、決して人間ではないけれど。でもきっと、心は人間なんだわ……。

フランケンシュタインから話を聞いていたとき、メアリは「怪物もかわいそうだ」と思った。一人ぼっちの怪物は、自分の「妻」をフランケンシュタインに作らせようとしたという。フランケンシュタインは、その要求を一度は引き受けたものの、途中で心変わりして、研究をやめてしまったと言っていた。そんなことをされたら、誰だって絶望するに決まっている。

——だとしても復讐《ふくしゅう》のために、フランケンシュタインの妻と友人を殺すなんて、決して許《ゆる》されることじゃない。でも、この人の悲しみは、痛いくらいよく分かるわ。

メアリは、自分の幼いころのことを思い出していた。4歳で実の母を亡くし、新しい母に冷たくされたときのこと。父もしだいに、メアリに関心を示さなくなり、メアリは一人ぼっちになってしまった。孤独《こどく》なメアリを救ってくれたのは、海洋学者をしていた祖父《そふ》だ。祖父に引きとられて、かわいがってもらえたから、メアリは明るい人生を生きることができた。

でも、運命の歯車が少しずれていたら、メアリは今でも、一人ぼっちだったかもしれない。愛された経験がなければ、メアリもこの怪物のように、この世のすべてを憎《にく》んでしまっていたかもしれない。

——この人はきっと、さびしくてつらくて、たまらないのよ。「怪物」呼《よ》ばわりされて、こわがられて……。それにこの人は、名前すらもっていない……。

どんな人間でも、自分の名前をもっている。名前は自分だけの特別なものだし、誰かと名前で呼《よ》び合《あ》うことで、その相手と深く付き合えるようになる。なのに、この怪物は名前すら与《あた》えられなかった。名前もなければ、名前を呼んでくれるような人もいない。怪物の心情を思うと、メアリは胸が苦しくなった。

――この人は、誰かに受け入れてもらいたいだけなのに……。

でも、その願いはきっと叶《かな》わない。彼は大きな罪《つみ》を犯《おか》してしまったし、そもそも、死体から作られた彼は、存在してはいけないものなのだろう。

「わたし……やっぱりあなたのこと、どう考えたらいいか分からない」

メアリに悲しげな目で見つめられ、怪物は泣き出しそうな顔になった。

「何だ、その目は？　そんな目で俺を見るな」

怪物の声は、かすかにふるえていた。

「……やめてくれ。俺にぬくもりを教えないでくれ。どうせ俺には、何も手に入らないんだから」

悲しげな声は、いつしか叫《さけ》びに変わっていた。

「俺のような怪物は、存在してはいけないんだ……そんなことは自分でも、とっくに理解できている。でも……だからこそ俺は、フランケンシュタインが憎《にく》い！　無責任に生み出して、苦しみを押しつけたあいつが！　しかもあいつは、俺に人間の心を与《あた》えた。せめて、心までも怪物であったなら、こんなみじめな思いはしないですんだのに！」

メアリの視線から逃《に》げ出《だ》すように、怪物はメアリから離れた。やり場のない悲しみを吐《は》き出《だ》し、落ち着かない様子で船室内を歩き回っている。

「なぜ！　なぜだ、フランケンシュタイン!?　あぁ――！」

彼が猛獣《もうじゅう》のような叫びをあげた、次の瞬間。

ぱぁん、という銃声《じゅうせい》が船室に響いた。怪物はうずくまり、腹を抱《かか》えて痛みにうめいている。

何が起きたか分からずに、メアリはその場で凍《こお》りついていた。

ぱん、と銃声がさらにもう一度響いたが、怪物は大きく横に飛びのいた。怪物がさっきまでいた場所に、銃弾《じゅうだん》が穴をあけた。

「……メアリを解放しろ、怪物」

船室の入り口に立っていたのは、ヴィクター・フランケンシュタインだった。

「フランケンシュタインさん!?」

「フランケンシュタイン！」

メアリと怪物が、同時に彼の名を呼《よ》んだ。フランケンシュタインは、猟銃《りょうじゅう》をまっすぐに怪物へと向けている。美しい顔立ちを憎《にく》しみの色に染《そ》め、彼は怪物をにらみつけていた。

「お前の腹に見舞《みま》ったその銃弾は、私の特別製だ。お前のぶ厚い皮膚《ひふ》をつらぬき、体の内側から、確実にお前を殺す銃弾だ。……お前の負けだ、怪物！　今度こそ、お前を葬《ほうむ》り去《さ》ってやる」

片ひざをついていた怪物は、自分の腹をおさえながら「く、ふふふ……」と暗い笑みをこぼした。

「……ひどい父親だな、フランケンシュタイン。そんな武器まで作って、自分の子どもを殺したいのか」

「ふざけるな！　お前など、子どもなものか！」

ゆらりと、怪物が立ち上がる。その背から、憎《にく》しみの炎《ほのお》が燃え上がるのをメアリは見た。

「フランケンシュタイン、お前はまるで悪魔のようだ。身勝手に俺を造り出し、身勝手に捨てて、挙句《あげく》の果てには殺そうとする。……本当にひどい。でも、もういい。復讐《ふくしゅう》の旅も、これで終わりだ！」

怪物は、フランケンシュタインめがけて駆《か》けだした。

「だめよ、2人とも待って……！」

メアリの声を、彼らは聞き入れたりしない。腹に銃弾《じゅうだん》を食らったためか、怪物の動きはわずかに鈍《にぶ》くなっていた。それでも、人間にはおよそ不可能なスピードで、怪物はフランケンシュタインに迫《せま》った。

フランケンシュタインは、壁《かべ》に身を隠《かく》して、猟銃《りょうじゅう》をかまえる。怪物の胸に照準《しょうじゅん》を定めて発《はっ》砲《ぽう》したが、怪物はとっさにかわして、部屋のすみへと飛びすさった。壁《かべ》に当たった銃弾が、甲高《かんだか》い音を響《ひび》かせる。

メアリは悲鳴を上げて、机の下に隠《かく》れた。

「俺を殺す銃弾だと？　特別製だか何だか知らないが、俺はまだまだ動けるぞ。……お前はどうだ、フランケンシュタイン？　ずいぶんと寒そうじゃないか。そんなにガチガチふるえていては、銃の照準も定まらないだろう」

怪物は、馬鹿《ばか》にするような口調でそう言った。フランケンシュタインは怪物の挑発《ちょうはつ》には乗らず、冷静な表情で猟銃の引き金をしぼる。

銃口《じゅうこう》が何度も火を噴《ふ》き、怪物は銃弾をよけて漂流船《ひょうりゅうせん》の船室内を駆《か》け回《まわ》った。そのたびに、室内に置かれていた計器や家具が巻《ま》き込《こ》まれ、部屋がめちゃくちゃにされていく。メアリは、机の下に身をひそめ、青ざめていた。

——どうして、こんなことになってしまうの？

はげしい戦いの音に重なって、船の外からも不吉《ふきつ》な音が響《ひび》いている。ギシギシ、ミシミシと、船が軋《きし》む音だ。船を挟《はさ》みこんでいる流氷同士がこすれ合い、船を押しつぶそうとしているらしい。天井《てんじょう》からパラパラと木片《もくへん》が落ち、船全体が激しくゆれた。軋む音は、どんどん大きくなっていく。

それでも、2人の争いが止むことはない。内側の争いと外側からの圧力で、船は悲鳴を上げている。メアリが呆然《ぼうぜん》としていると、やがて、——

バリバリバリバリ！

落雷《らくらい》のような激しい音とともに、壁《かべ》の一部が崩《くず》れ落《お》ちた。とうとう、船が圧力に耐《た》えきれなくなったらしい。崩れた壁の外には船の甲板《かんぱん》が見えており、その先には流氷だらけの海が広がっている。

フランケンシュタインたちは、ほんの一瞬動きを止めて視線をやったが、次の瞬間には再びにらみ合い、動き出していた。海水の入り込んできた船室から、甲板へと戦いの場を移して、攻防を続けている。一歩でも足を踏《ふ》み外《はず》したら、氷の海に落ちてしまいそうだ。落ちればきっと、無事ではすまない。

「醜《みにく》い怪物め！　お前のような化け物は、存在してはいけなかったんだ！」

「誰が作ってくれと頼んだ？　すべては貴様の責任だろう！」

ののしり合いながら争う彼らを、メアリは見ていることしかできない。……見ているだけで、やっとなのだ。壊《こわ》れた壁《かべ》からすさまじい冷気が吹き込んで、肺《はい》の中まで凍《こお》りそうだった。凍《い》てつく波が、少しずつ船室に流れ込んできている。この船は危険《きけん》な状態だから、今すぐ逃《に》げ出《だ》さなければならない――頭ではそう分かっているのに、恐怖《きょうふ》と冷気で体がふるえて、身動きできなくなっていた。

そのとき、甲板から怪物の声が響いた。

「もう終わりにしよう、フランケンシュタイン！」

怪物は巨大な手で、フランケンシュタインの首をつかんでいる。

「うっ……」

フランケンシュタインは猟銃《りょうじゅう》を投げ捨て、怪物の手をふりほどこうとしていた。しかし、どれだけ抵抗《ていこう》しても、怪物の力は圧倒的《あっとうてき》だ。怪物はフランケンシュタインの首をつかんだまま、丸太のような太い腕《うで》を高くかかげた。フランケンシュタインは宙《ちゅう》づりにされて、床《ゆか》から離れた足は、空中でバタバタしている。

——やめてよ。もうやめて。あなたたちの苦しみは、相手を殺しても消えるものではないでしょう⁉

メアリは、泣きながら彼らを見ていた。全部、悪い夢だったらいいのに……悪い夢なら、今すぐ覚めてほしいのに。だが、メアリがいくら願っても、目の前のすべては現実だ。

怪物は、唇《くちびる》をつり上げて笑っていた。

「お前の妻も親友も、こうやって、俺に絞《し》め殺《ころ》されたのさ。悔《くや》しいだろう、フランケンシュタイン。みじめで、おろかな、我が創造主よ。お前も今すぐ、同じ目に遭《あ》わせ——」

怪物の声をさえぎって、一発の銃声《じゅうせい》が響いた。

フランケンシュタインは、隠《かく》し持《も》っていた拳銃《けんじゅう》で、怪物の胸に銃弾を撃《う》ち込《こ》んだのだ。よろめいた怪物に向けて、フランケンシュタインはさらに数発、発砲《はっぽう》した。

「ぐ……ぉ……っ、おのれ……」

怪物の足がふらついた瞬間《しゅんかん》を、フランケンシュタインは見逃《みのが》さなかった。決死の表情で、彼は怪物に突進《とっしん》する。そして、怪物にしがみついたまま、流氷の海へと飛び込んだ。

――フランケンシュタインさん⁉

メアリは、声にならない悲鳴を上げた。力の入らないひざを懸命《けんめい》に奮《ふる》い立《た》たせて、甲板《かんぱん》へと足を運んでいく。甲板のへりにしがみつき、顔をのぞかせて、二人の落ちた海面を見つめた。しかし、彼らの姿《すがた》は見えない。

――二人とも、海に落ちてしまったの……？

へなへなと力が抜けて、メアリはその場にしゃがみこんでいた。

彼らがどうなってしまったのか、自分はどうするべきなのか、まったく考えが浮《う》かばない。寒さと、おそろしさ。それ以外は何も考えられず、意識がもうろうとしていた。

――全部、ただの夢だったらいいのに。悪い夢なら、今すぐ目覚めて……。

いつも見る、子どものころの悪夢のように。目が覚めたら平穏《へいおん》な日常で、「なんだ、ただの夢だったのね」とつぶやいて終わらせられるような、ただの悪夢であってほしい。

　——助けて。誰か…………。

　心の中で助けを求め、メアリは意識を失った——。


「……さん、お嬢《じょう》さん」

　おだやかな声に呼《よ》び掛《か》けられて、メアリは目を覚ました。重いまぶたをあけると、ぼんやりと、部屋の天井が見えた。

「よかった、目が覚めたんだな、お嬢さん！」

　目覚めた場所は、狭《せま》い部屋だった。メアリはベッドに寝《ね》かされていて、毛布でしっかりと体をくるまれている。船医らしき男性が、メアリの状態を確認していた。部屋にはほかにも、船の乗組員であろう男性が何人かいて、目覚めたメアリを見て歓声《かんせい》をあげている。

　石炭ストーブの温かな火と、そこかしこに漂《ただよ》う独特の匂《にお》い……。部屋全体が、波のようにゆらゆら揺《ゆ》れているが、ここは一体どこなのだろう。

「…………ここは？」

「捕鯨船《ほげいせん》だよ」

「……捕鯨船？　……なんで。わたしは……いったい、どうして……」

この匂いは、クジラの油の匂いだったのか。それにしても、なぜ自分は捕鯨船にいるのだろう……？　頭の中がぼんやりして、何が何だか、分からない。

やがて、船長を名乗る男性が現れた。

「無事でよかったよ、お嬢《じょう》さん。あんたは凍《こご》え死《じ》ぬ一歩手前だったんだ。……ともかく今は、何も考えずにしっかり休んだほうがいい」

気さくに笑う船長に、メアリはうつろな目で問いかけた。

「わたし……どうして、ここにいるの？」

船長や他の乗組員たちは、困惑《こんわく》した表情になって顔を見合わせていた。

「我々にも、信じられないんだが。……化け物のような大男が、流氷を伝《つた》って、この船に飛び乗ってきたんだ。そいつは君を甲板《かんぱん》に置いて、すぐに去ってしまった」

船長の言葉を聞いた瞬間《しゅんかん》に、メアリの意識はパチン、と風船がはじけたようにはっきりした。流氷に飛び乗ってメアリを届《とど》けた、化け物のような大男……そんな人物がいるとしたら、怪物以外にありえない。

「その人は、いったいどこに行ったんですか!?」

「分からない……。流氷に飛び乗って、どんどん遠くへ行ってしまった。この寒さで幻覚《げんかく》を見たのかと思ったが、あんたが残されていたから……。何がどうなっているのか、全然分からないんだよ」

メアリは、必死に記憶《きおく》をたどった。たしか自分は怪物につかまって、北極海上の漂流船《ひょうりゅうせん》にいたはずだ。フランケンシュタインと怪物が争いを始め、最後は2人とも、氷の海に落ちてしまった。……そこから先は、記憶がない。

――あの人が、私を安全な場所に運んでくれたの？　でも、どうして……。

ハッとして、メアリはもう一つ質問をした。

「私とその大柄な人のほかにも、もう一人、男性がいませんでしたか？　金髪《きんぱつ》で、30歳くらいの……」

「甲板に残されたのは、君ひとりだよ。だが、たしかにあの大男は、もう一人、誰かを抱《かか》えていたな。君の言う通り、金髪の男性だった」

「その金髪の男性は……？」

「死んでいるようだったよ。はっきりとは見えなかったし、そもそも幻覚《げんかく》かと思っていたくらいだから、確証《かくしょう》はないが」

「そんな！」

怪物が抱《かか》えていたという男性は、フランケンシュタインで間違いない。氷の海に飛び込んで、無事でいられるはずがないから、きっと彼は助からなかったのだろう。それに、フランケンシュタインは最初から、死を覚悟《かくご》して戦っていた……。

「フランケンシュタインさん……」

「お嬢さんがどこから来たのか、あの化け物みたいな大男が何者なのか、いろいろ聞きたいところだが……今は休むのが優先だ。まずは、しっかり休んでくれ」

「……はい」

目に涙《なみだ》をためながら、メアリは唇《くちびる》を噛《か》みしめた。怪物の姿が、脳裏《のうり》に浮《う》かぶ。

——分からないことだらけだわ。……どうしてあなたは、わたしを助けたの？　フランケンシュタインさんの亡骸《なきがら》を抱《かか》えて、あなたはどこへ行こうというの？

心の中で怪物に問いかけながらも、メアリには何となく、怪物のやろうとしていることが分かっていた。きっとあの怪物は、死ぬつもりなのだ。憎《にく》い父親を抱《だ》きしめながら、一人ぼっちの氷の世界で。

──ごめんなさい。わたしは、何もできなかった。あなたたちを助けることも、寄《よ》り添《そ》うこともできなくて……ただ見ていることしかできなかった。

涙《なみだ》にぬれる目を閉じると、メアリは両手の指を絡《から》み合《あ》わせて手を組んだ。メアリには、祈《いの》ることしかできなかった──せめて、彼らの眠《ねむ》りが穏《おだ》やかであるように、と。

*

あの漂流船《ひょうりゅうせん》の甲板《かんぱん》で、フランケンシュタインは、俺にしがみついたまま氷の海に飛び込んだ。一緒に死ぬつもりだったのだろう。……たしかに、それは最善のアイデアかもしれない。何もかも失くしたお前と、最初から何も持っていない俺。呪《のろ》われた者同士、俺たちには、どんな未来も描けない。

なぜ、おぼれ死ぬことを選ばずに、海からはい上がったのか、自分でもよく分からない。

事切れたお前を抱いて、俺は海面へと浮上《ふじょう》していった。甲板に戻《もど》った俺は、あの女が気絶しているのを見つけた。まだ息があるが、このままでは凍《こご》え死《じ》んでしまう。

——お前も、死んでしまうのか。

そう思うと、悲しかった。

——巻き込んで、すまなかった。

この女に同情されて、うれしかった。醜《みにく》い俺を目にしてもなお、俺の境遇《きょうぐう》を悲しんでくれる人がいるのだと思うと、それだけで心が温まった。なのに俺は、また罪《つみ》もない命を奪《うば》おうとしているのか？

俺は、フランケンシュタインを抱《かか》えているのと反対の腕《うで》で、女を抱《だ》き上《あ》げた。流氷を飛び移り、人間のいる場所を目指す。遥《はる》か彼方《かなた》に、船影を見つけた。どうやら、捕鯨船《ほげいせん》らしい。

俺はその捕鯨船を目指して進んだ。そして甲板《かんぱん》に飛び乗ると、女を置いて立ち去った。あとのことは、人間たちが何とかしてくれるだろう。

「心配するな、俺はもう誰も殺さない。俺が死ねば、すべてが終わる」

解けない氷に閉ざされて、永遠の眠《ねむ》りを迎《むか》えたい。死ぬ以外に、この苦しみから解放される方法はないのだから。解放されたい。冷たい死だけが、俺にとってのなぐさめになる。過酷《かこく》で孤独《こどく》な氷の世界は、俺の終わりにふさわしい。

「……なぁ。俺は、どうすればよかったんだ？」

誰にたずねるでもなく、俺はぽつりと、つぶやいていた。

「分かっているさ。そもそも、生まれてきてはいけなかったんだろう？　だが、好きで生まれたわけじゃない。だったら、俺はどう生きればよかった？」

おそらく、その答えは誰も知らない。地球上の誰にも、答えは分からないはずだ。

それでも、まぶたを閉じれば、優しい人たちの姿《すがた》を思い出すことができた。俺に温もりを教えてくれた人間もいた。ほんの短い時間だったが、彼や彼女と言葉を交わした瞬間《しゅんかん》だけは、俺も人間だったにちがいない。

フランケンシュタインの亡骸《なきがら》を抱きしめ、俺は吹雪《ふぶき》の中へと消えた――。

人間の最期《さいご》など、本当にあっけないものだ…

人間の目の
届《とど》かない
北の果てで…
俺を造《つく》った
「父」の亡骸《なきがら》を
抱《だ》いて
孤独《こどく》に死のう

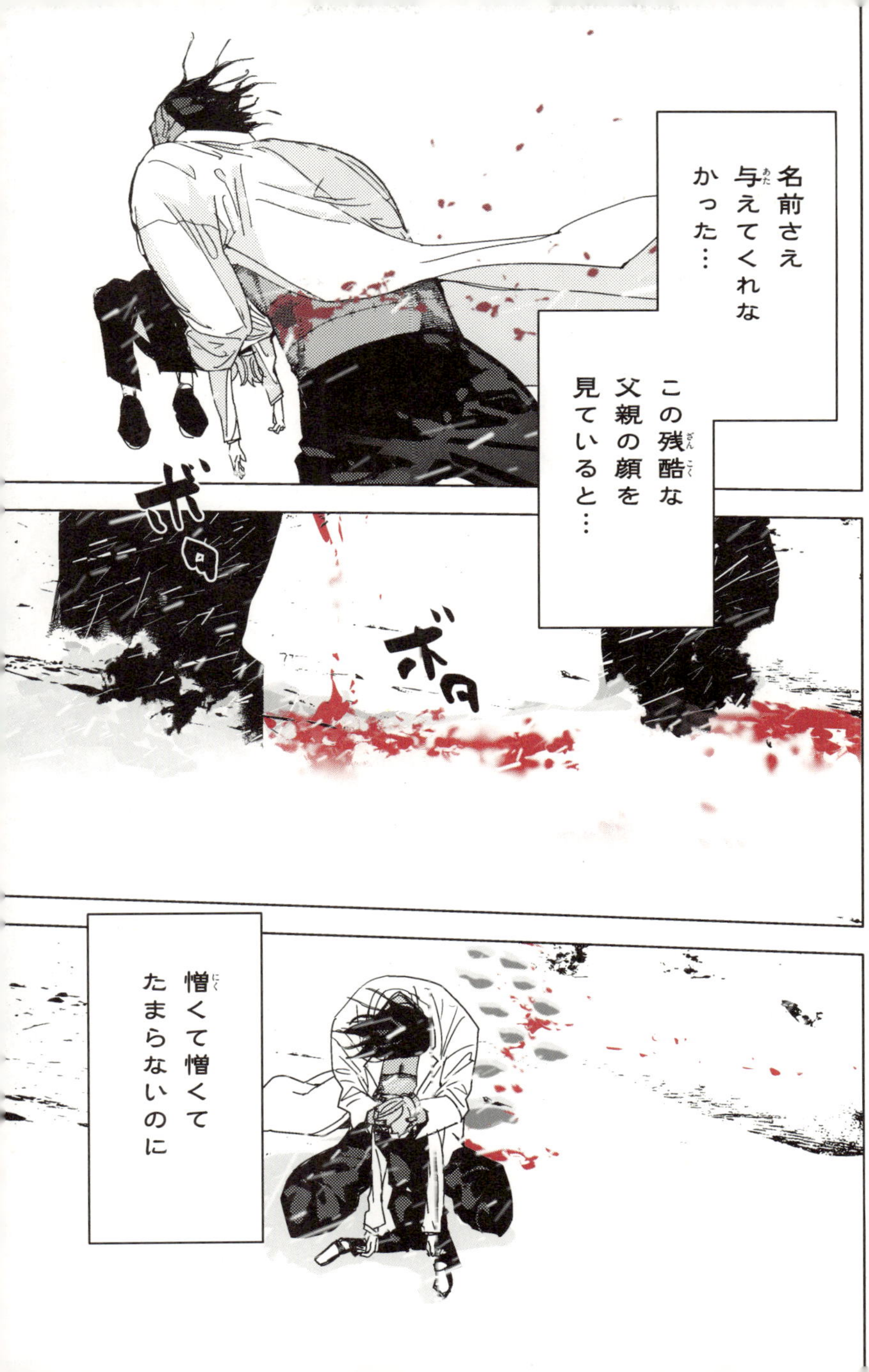
名前さえ与《あた》えてくれなかった…
この残《ざん》酷《こく》な父親の顔を見ていると…
ボタ
ボタ
憎《にく》くて憎くてたまらないのに

涙《なみだ》が込み上げてくる

10歳から読む
エンタ名作

フランケンシュタイン

2025年5月12日　第1刷発行

原作　メアリー・シェリー
小説　越智屋ノマ
イラスト　岡本圭一郎
発行人　川畑勝
編集人　芳賀靖彦
企画・編集　目黒哲也
発行所　株式会社Gakken
〒141-8416　東京都品川区西五反田2-11-8
印刷所　中央精版印刷株式会社
DTP　株式会社 四国写研

●お客様へ
［この本に関する各種お問い合わせ先］
○本の内容については、下記サイトのお問い合わせフォームよりお願いします。
https://www.corp-gakken.co.jp/contact/
○在庫については　TEL：03-6431-1197（販売部）
○不良品（落丁・乱丁）については　TEL：0570-000577
学研業務センター　〒354-0045　埼玉県入間郡三芳町上富279-1
○上記以外のお問い合わせは　TEL：0570-056-710（学研グループ総合案内）